CINCO MINUTOS

Livros do mesmo autor na Coleção **L&PM** POCKET

Cinco minutos
O gaúcho
O guarani
Iracema
Lucíola
Senhora
O sertanejo
Ubirajara
A viuvinha

José de Alencar

CINCO MINUTOS

www.lpm.com.br
L&PM POCKET

Coleção **L**&**PM** POCKET, vol. 62

Texto de acordo com a nova ortografia.

Primeira edição na Coleção **L**&**PM** POCKET: julho de 1997
Esta reimpressão: dezembro de 2024

Capa: L&PM Editores. *Ilustração*: Caulos
Revisão: Flávio Dotti Cesa, Cíntia Moscovich e Fernanda Lisbôa

ISBN 978-85-254-0733-7

A368c

Alencar, José Martiniano de, 1829-1877
    Cinco minutos / José Martiniano de Alencar – Porto Alegre:
L&PM, 2024.
    96 p.; 18 cm (Coleção L&PM POCKET; v. 62)

    1. Ficção brasileira-Romances. I. Título. II. Série.

CDD 869.93
CDU 869.0(81) -3

Catalogação elaborada por Izabel A. Merlo, CRB 10/329.

© desta edição, L&PM Editores, 1997

Todos os direitos desta edição reservados a L&PM Editores
Rua Comendador Coruja, 314, loja 9 – Floresta – 90.220-180
Porto Alegre – RS – Brasil / Fone: 51.3225.5777

Pedidos & Depto. Comercial: vendas@lpm.com.br
Fale conosco: info@lpm.com.br
www.lpm.com.br

Impresso no Brasil
Primavera de 2024

José de Alencar:
a Opção Brasileira

José Martiniano de Alencar, filho, nasceu na cidade de Mecejana, no Ceará, em 1º de maio de 1829, e morreu no Rio de Janeiro em 12 de dezembro de 1877. Filho de Ana Josefina Alencar e seu primo, José Martiniano de Alencar, político liberal e revolucionário cearense, governador do estado do Ceará (naquela época, presidente do estado) e senador do Império.

José de Alencar veio com toda a família para o Rio de Janeiro logo após o seu nascimento, quando o pai assumiu a cadeira no Senado. Foi nesta cidade que viveu a sua vida de advogado, político e escritor, entre idas e vindas ao seu estado natal. Em 1846 seguiu para uma estada de dois anos em São Paulo, quando ingressou na Faculdade de Direito do Largo de São Francisco. Tendo de acompanhar o pai, em 1848, ao Nordeste para restabelecer-se de uma doença, prosseguiu o curso na Faculdade de Direito de Olinda, em Pernambuco. Em 1850, depois que seu pai se reestabeleceu, retornou a São Paulo para diplomar-se em direito.

Seu período de estudante caracterizou-se pela seriedade no estudo e pela grande quantidade de escritores franceses que devorava enquanto seus colegas de universidade levavam uma vida boêmia e desregrada, quase moda num período de exacerbada cópia aos modelos do romantismo francês. O culto à natureza, o patriotismo, a idealização do amor e da mulher, e o predomínio da imaginação sobre a razão eram resumidamente as grandes características do movimento que levou o nome de Romantismo e do qual José de Alencar – embora distante das farras e cantinas dos arredores da Faculdade do Largo de São Francisco – foi o seu expoente literário. É por volta dos dezoito anos que se manifestam os primeiros sintomas da tuberculose que lhe atormentaria o resto da vida, terminando por matá-lo aos 48 anos. Nesta época ensaia seu primeiro romance, *Os contrabandistas*, inconcluso, e começa a carreira de advogado que não abandonaria até o final da vida. Em 1854 começa a colaborar com o jornal *Correio Mercantil* onde de seus textos e das polêmicas que provocou se prenunciava o político de intensa atuação e prestígio que a partir de 1861 cumpre quatro mandatos de deputado federal pelo Ceará. Em 1868 exerce o cargo de Ministro da Justiça. Político conservador, diverge do Imperador e é preterido por D. Pedro II numa lista tríplice para indicação ao Senado, mesmo tendo alcançado maior votação do que os outros indicados.

Seu primeiro romance é *Cinco minutos*, publicado em folhetim em 1856 pelo *Diário do Rio de Janeiro*. Este gênero obtinha na época enorme sucesso popular, quando as histórias eram publicadas em capítulos diários ou semanais e depois reunidas em livro. Alguns dos grandes nomes da literatura brasileira como Manuel Antônio de Almeida com seu *Memórias de um Sargento de Milícias*, Machado de Assis e tantos outros ganharam notoriedade e começaram suas carreiras através deste gênero de publicação. Depois veio *A viuvinha* e o estrondoso sucesso do folhetim *O guarani* publicado em 1857 e que se tornou um dos maiores best-sellers do século passado no Brasil. Entre a intensa atividade política, críticas à política imperial e posições conservadoras, como o combate que empreendeu à lei do *Ventre Livre* (1871), um dos marcos para o fim da escravatura no Brasil, José de Alencar tinha uma intensa produção literária, tendo escrito em vinte anos – que foi o tempo que durou sua carreira literária – mais de duas dezenas de livros de ficção, entre os quais estão um punhado de obras-primas, além de livros no campo da jurisprudência, da política, da crítica literária e da filosofia.

José de Alencar alcançou o *status* de grande escritor brasileiro e um dos formadores da nossa literatura também porque sua obra é uma obra nacional. Sua temática percorreu os quatro cantos do país formando um verdadeiro retrato do Brasil, com os romances regionais *O sertanejo,* ambientado no Nordeste, e *O gaúcho,* ambientado na Revolução Farroupilha de 1835, os romances indianistas, *Iracema, Ubirajara, O guarani* (considerado por alguns críticos como *romance histórico*) e o romance urbano tão bem estruturado com *A viuvinha, Cinco minutos, Senhora, Lucíola, Diva,* entre outros, onde temos uma riquíssima descrição da vida na corte, a vida burguesa no Rio de Janeiro de meados do século passado, seus costumes, modas e tipos característicos. Teve também incursões pelo romance histórico com *Os alfarrábios, Minas de prata* e *A guerra dos mascates,* que contém uma sátira endereçada a D. Pedro II, a quem combateu insistentemente em sua vida política. Quando soube de sua morte o Imperador teria comentado: "Era um homenzinho teimoso..."

José de Alencar foi sobretudo um escritor *brasileiro*. Um dos maiores que o país já produziu. Numa época em que a cultura reinante bebia nas fontes europeias, ele criou *O guarani* assim conceituado por Wilson Martins em sua *História da inteligência brasileira*: "Esse ano de 1857 em que se cruzam e entrecruzam tantos caminhos, tantas *virtualidades* no destino brasileiro, é também o ano em que a literatura vai dar, com *O guarani*, sua transposição estrutural do momento histórico, desvendando, ao mesmo tempo, a opção *brasileira*."

Os Editores

OBRAS DE JOSÉ DE ALENCAR:

Romances:

1856 – *Cinco minutos*
1857 – *O guarani, A viuvinha*
1862 – *Lucíola*
1864 – *Diva*
1865 – *Iracema, As minas de prata* (1º Volume)
1866 – *As minas de prata* (2º Volume)
1870 – *O gaúcho, A pata da gazela*
1871 – *O tronco do ipê, A guerra dos mascates* (1º Volume)
1872 – *Sonhos d'ouro, Til*
1873 – *Os alfarrábios (O garatuja, O ermitão da Glória, Alma de Lázaro), A guerra dos mascates* (2º Volume)
1874 – *Ubirajara*
1875 – *Senhora, O sertanejo*
1893 – *Encarnação*

Teatro:

1857 – *O crédito, Verso e reverso, Demônio familiar*
1858 – *As asas de um anjo*
1860 – *Mãe*
1867 – *A expiação*
1875 – *O Jesuíta*

Não ficção:

1856 – *Cartas sobre a Confederação dos Tamoios*
1865 – *Ao Imperador: Cartas políticas de Erasmo, Novas cartas políticas de Erasmo*
1866 – *Sistema representativo*
1874 – *Ao correr da pena*
1893 – *Como e porque sou romancista*

CINCO MINUTOS

I

É uma história curiosa a que lhe vou contar, minha prima.

Mas é uma história e não um romance.

Há mais de dois anos, seriam seis horas da tarde, dirigi-me ao Rocio para tomar o ônibus de Andaraí.

Sabe que sou o homem menos pontual que há neste mundo; entre os meus imensos defeitos e as minhas poucas qualidades, não conto a *pontualidade*, essa virtude dos reis e esse mau costume dos ingleses.

Entusiasta da liberdade, não posso admitir de modo algum que um homem se escravize ao seu relógio e regule as suas ações pelo movimento de uma pequena agulha de aço ou pelas oscilações de uma pêndula.

Tudo isto quer dizer que, chegando ao Rocio, não vi mais ônibus algum; o empregado a quem me dirigi respondeu:

– Partiu há cinco minutos.

Resignei-me e esperei pelo ônibus de sete horas. Anoiteceu.

Fazia uma noite de inverno fresca e úmida; o céu estava calmo, mas sem estrelas.

À hora marcada chegou o ônibus e apressei-me a ir tomar o meu lugar.

Procurei, como costumo, o fundo do carro, a fim de ficar livre das conversas monótonas dos recebedores, que de ordinário têm sempre uma anedota insípida a contar ou uma queixa a fazer sobre o mau estado dos caminhos.

O canto já estava ocupado por um monte de sedas, que deixou escapar-se um ligeiro farfalhar, conchegando-se para dar-me lugar.

Sentei-me; prefiro sempre o contato da seda à vizinhança da casimira ou do pano.

O meu primeiro cuidado foi ver se conseguia descobrir o rosto e as formas que se escondiam nessas nuvens de seda e de rendas.

Era impossível.

Além de a noite estar escura, um maldito véu que caía de um chapeuzinho de palha não me deixava a menor esperança.

Resignei-me e assentei que o melhor era cuidar de outra coisa.

Já o meu pensamento tinha-se lançado a galope pelo mundo da fantasia, quando de repente fui obrigado a voltar por uma circunstância bem simples.

Senti no meu braço o contato suave de um outro braço, que me parecia macio e aveludado como uma folha de rosa.

Quis recuar, mas não tive ânimo; deixei-me ficar na mesma posição e cismei que estava sentado perto de uma mulher que me amava e que se apoiava sobre mim.

Pouco a pouco fui cedendo àquela atração irresistível e reclinando-me insensivelmente; a pressão tornou-se mais forte; senti o seu ombro tocar de leve o meu peito; e a minha mão impaciente encontrou uma mãozinha delicada e mimosa, que se deixou apertar a medo.

Assim, fascinado ao mesmo tempo pela minha ilusão e por este contato voluptuoso, esqueci-me, a ponto que, sem saber o que fazia, inclinei a cabeça e colei os meus lábios ardentes nesse ombro, que estremecia de emoção.

Ela soltou um grito, que foi tomado naturalmente como susto causado pelos solavancos do ônibus, e refugiou-se no canto.

Meio arrependido do que tinha feito, voltei-me como para olhar pela portinhola do carro e, aproximando-me dela, disse-lhe quase ao ouvido:

– Perdão!

Não respondeu; conchegou-se ainda mais ao canto.

Tomei uma resolução heroica.

– Vou descer, não a incomodarei mais.

Ditas estas palavras rapidamente, de modo que só ela ouvisse, inclinei-me para mandar parar.

Mas senti outra vez a sua mãozinha, que apertava docemente a minha, como para impedir-me de sair.

Está entendido que não resisti e que me deixei ficar; ela conservava-se sempre longe de mim, mas tinha-me abandonado a mão, que eu beijava respeitosamente.

De repente veio-me uma ideia. Se fosse feia! se fosse velha! se fosse uma e outra coisa!

Fiquei frio e comecei a refletir.

Esta mulher, que sem me conhecer me permitia o que só se permite ao homem que se ama, não podia deixar com efeito de ser feia e muito feia.

Não lhe sendo fácil achar um namorado de dia, ao menos agarrava-se a este, que de noite e às cegas lhe proporcionara o acaso.

É verdade que essa mão delicada, essa

espádua aveludada... Ilusão! Era a disposição em que eu estava!

A imaginação é capaz de maiores esforços ainda.

Nesta marcha, o meu espírito em alguns instantes tinha chegado a uma convicção inabalável sobre a fealdade de minha vizinha.

Para adquirir a certeza renovei o exame que tentara a princípio: porém, ainda desta vez, foi baldado; estava tão bem envolvida no seu mantelete e no seu véu, que nem um traço do rosto traía o seu incógnito.

Mais uma prova! Uma mulher bonita deixa-se admirar e não se esconde como uma pérola dentro da sua ostra.

Decididamente era feia, enormemente feia!

Nisto ela fez um movimento, entreabrindo o seu mantelete, e um bafejo suave de aroma de sândalo exalou-se.

Aspirei voluptuosamente essa onda de perfume, que se infiltrou em minha alma como um eflúvio celeste.

Não se admire, minha prima; tenho uma teoria a respeito dos perfumes.

A mulher é uma flor que se estuda, como a flor-do-campo, pelas suas cores, pelas suas folhas e sobretudo pelo seu perfume.

Dada a cor predileta de uma mulher desconhecida, o seu modo de trajar e o seu perfume favorito, vou descobrir com a mesma exatidão de um problema algébrico se ela é bonita ou feia.

De todos estes indícios, porém, o mais seguro é o perfume; e isto por um segredo da natureza, por uma lei misteriosa da criação, que não sei explicar.

Por que é que Deus deu o aroma mais delicado à rosa, ao heliotrópio, à violeta, ao jasmim, e não a essas flores sem graça e sem beleza, que só servem para realçar as suas irmãs?

É decerto por esta mesma razão que Deus só dá à mulher linda esse tato delicado e sutil, esse gosto apurado, que sabe distinguir o aroma mais perfeito...

Já vê, minha prima, porque esse odor de sândalo foi para mim como uma revelação.

Só uma mulher distinta, uma mulher de sentimento, sabe compreender toda a poesia desse perfume oriental, desse *hatchiss** do olfato, que nos embala nos sonhos brilhantes das *Mil e uma noites*, que nos fala da Índia, da China, da Pérsia, dos esplendores da Ásia e dos mistérios do berço do sol.

O sândalo é o perfume das odaliscas de

---

* *Hatchiss* – Palavra do árabe, em português haxixe.

Istambul e das huris do profeta; como as borboletas que se alimentam de mel, a mulher do Oriente vive com as gotas dessa essência divina.

Seu berço é de sândalo; seus colares, suas pulseiras, o seu leque, são de sândalo; e, quando a morte vem quebrar o fio dessa existência feliz, é ainda em uma urna de sândalo que o amor guarda as suas cinzas queridas.

Tudo isto me passou pelo pensamento como um sonho, enquanto eu aspirava ardentemente essa exalação fascinadora, que foi a pouco e pouco desvanecendo-se.

Era bela!

Tinha toda a certeza; desta vez era uma convicção profunda e inabalável.

Com efeito, uma mulher de distinção, uma mulher de alma elevada, se fosse feia, não dava sua mão a beijar a um homem que podia repeli-la quando a conhecesse; não se expunha ao escárnio e ao desprezo.

Era bela!

Mas não a podia ver, por mais esforços que fizesse.

O ônibus parou; uma outra senhora ergueu-se e saiu.

Senti a sua mão apertar a minha mais estreitamente; vi uma sombra passar diante de meus olhos no meio do *ruge-ruge* de um vestido, e quando dei acordo de mim, o carro rodava e eu tinha perdido a minha visão.

Ressoava-me ainda ao ouvido uma palavra murmurada, ou antes suspirada quase imperceptivelmente:

– *Non ti scordar di me*!...*

Lancei-me fora do ônibus; caminhei à direita e à esquerda; andei como um louco até nove horas da noite.

Nada!

II

Quinze dias se passaram depois de minha aventura.

Durante este tempo é escusado dizer-lhe as extravagâncias que fiz.

Fui todos os dias a Andaraí no ônibus das sete horas, para ver se encontrava a minha desconhecida; indaguei de todos os passageiros se a conheciam e não obtive a menor informação.

Estava a braços com uma paixão, minha prima, e com uma paixão de primeira força e de alta pressão, capaz de fazer vinte milhas por hora.

---

* *Non ti scordar di me* – Não te esqueças de mim! – Verso da ópera *Il trovadore* de Giuseppe Verdi.

Quando saía, não via ao longe um vestido de seda preta e um chapéu de palha que não lhe desse caça, até fazê-lo chegar à abordagem.

No fim descobria alguma velha ou alguma costureira desjeitosa e continuava tristemente o meu caminho, atrás dessa sombra impalpável, que eu procurava havia quinze longos dias, isto é, um século para o pensamento de um amante.

Um dia estava em um baile, triste e pensativo, como um homem que ama uma mulher e que não conhece a mulher que ama.

Recostei-me a uma porta e daí via passar diante de mim uma miríade brilhante e esplêndida, pedindo a todos aqueles rostos indiferentes um olhar, um sorriso que me desse a conhecer aquela que eu procurava.

Assim preocupado, quase não dava fé do que se passava junto de mim, quando senti um leque tocar meu braço, e uma voz que vivia no meu coração, uma voz que cantava dentro de minha alma, murmurou:

– *Non ti scordar di me!*...

Voltei-me.

Corri um olhar pelas pessoas que estavam junto de mim, e apenas vi uma velha que passeava pelo braço de seu cavalheiro, abanando-se com um leque.

– Será ela, meu Deus? – pensei horrorizado.

E, por mais que fizesse, os meus olhos não se podiam destacar daquele rosto cheio de rugas.

A velha tinha uma expressão de bondade e de sentimento que devia atrair a simpatia; mas naquele momento essa beleza moral, que iluminava aquela fisionomia inteligente, pareceu-me horrível e até repugnante.

Amar quinze dias uma sombra, sonhá-la bela como um anjo, e por fim encontrar uma velha de cabelos brancos, uma velha *coquette* e namoradeira!

Não, era impossível! Naturalmente a minha desconhecida tinha fugido antes que eu tivesse tempo de vê-la.

Essa esperança consolou-me; mas durou apenas um segundo.

A velha falou e na sua voz eu reconheci, apesar de tudo, apesar de mim mesmo, o timbre doce e aveludado que ouvira duas vezes.

Em face da evidência não havia mais que duvidar. Eu tinha amado uma velha, tinha beijado a sua mão enrugada com delírio, tinha vivido quinze dias de sua lembrança.

Era para fazer-me enlouquecer ou rir; não

me ri nem enlouqueci, mas fiquei com um tal tédio e um aborrecimento de mim mesmo que não posso exprimir.

Que peripécias, que lances, porém, não me reservava ainda esse drama, tão simples e obscuro!

Não distingui as primeiras palavras da velha logo que ouvi a sua voz; foi só passado o primeiro espanto que percebi o que dizia.

– Ela não gosta de bailes.

– Pois admira – replicou o cavalheiro – na sua idade!

– Que quer! Não acha prazer nestas festas ruidosas e nisto mostra bem que é minha filha.

A velha tinha uma filha e isto podia explicar a semelhança extraordinária da voz. Agarrei-me a esta sombra, como um homem que caminha no escuro.

Resolvi-me a seguir a velha toda a noite, até que ela se encontrasse com sua filha: desde este momento era o meu fanal, a minha estrela polar.

A senhora e o seu cavalheiro entraram na saleta da escada. Separado dela um instante pela multidão, ia segui-la.

Nisto ouço uma voz alegre dizer da saleta:
– Vamos, mamã!

Corri, e apenas tive tempo de perceber os folhos de um vestido preto, envolto num largo *burnous** de seda branca, que desapareceu ligeiramente na escada.

Atravessei a saleta tão depressa como me permitiu a multidão e, pisando calos, dando encontrões à direita e à esquerda, cheguei enfim à porta da saída.

O meu vestido preto sumiu-se pela portinhola de um cupê, que partiu a trote largo.

Voltei ao baile desanimado; a minha única esperança era a velha; por ela podia tomar informações, saber quem era a minha desconhecida, indagar o seu nome e a sua morada, acabar enfim com este enigma, que me matava de emoções violentas e contrárias.

Indaguei dela.

Mas como era possível designar uma velha da qual eu só sabia pouco mais ou menos a idade?

Todos os meus amigos tinham visto velhas, porém não tinham olhado para elas.

Retirei-me triste e abatido, como um homem que se vê em luta contra o impossível.

De duas vezes que a minha visão me tinha aparecido, só me restavam uma lembrança, um perfume e uma palavra!

---

* *Burnous* – grande manto com capuz, usado pelos árabes.

Nem sequer um nome!

A todo momento parecia-me ouvir na brisa da noite essa frase do *Trovador,* tão cheia de melancolia e de sentimento, que resumia para mim toda uma história.

Desde então não se representava uma só vez esta ópera que eu não fosse ao teatro, ao menos para ter o prazer de ouvi-la repetir.

A princípio, por uma intuição natural, julguei que *ela* devia, como eu, admirar essa sublime harmonia de Verdi, que devia também ir sempre ao teatro.

O meu binóculo examinava todos os camarotes com uma atenção meticulosa; via moças bonitas ou feias, mas nenhuma delas me fazia palpitar o coração.

Entrando uma vez no teatro e passando a minha revista costumada, descobri finalmente na terceira ordem sua mãe, a minha estrela, o fio de Ariadne* que me podia guiar neste labirinto de dúvidas.

A velha estava só, na frente do camarote, e de vez em quando voltava-se para trocar uma palavra com alguém sentado no fundo.

Senti uma alegria inefável.

---

* *Fio de Ariadne* – da mitologia grega: Ariadne dá a Teseu um fio de joias que ele usa para escapar do labirinto do Minotauro.

O camarote próximo estava vazio; perdi quase todo o espetáculo a procurar o cambista incumbido de vendê-lo. Por fim achei-o e subi de um pulo as três escadas.

O coração queria saltar-me quando abri a porta do camarote e entrei.

Não me tinha enganado; junto da velha vi um chapeuzinho de palha com um véu preto rocegado, que não me deixava ver o rosto da pessoa a quem pertencia.

Mas eu tinha adivinhado que era *ela;* e sentia um prazer indefinível em olhar aquelas rendas e fitas, que me impediam de conhecê-la, mas que ao menos lhe pertenciam.

Uma das fitas do chapéu tinha caído do lado do meu camarote, e, em risco de ser visto, não pude suster-me e beijei-a a furto.

Representava-se a *Traviata,* e era o último ato; o espetáculo ia acabar, e eu ficaria no mesmo estado de incerteza.

Arrastei as cadeiras do camarote, tossi, deixei cair o binóculo, fiz um barulho insuportável, para ver se *ela* voltava o rosto.

A plateia pediu silêncio; todos os olhos procuraram conhecer a causa do rumor; porém *ela* não se moveu; com a cabeça meio inclinada sobre a coluna em uma lânguida inflexão, parecia toda entregue ao encanto da música.

Tomei um partido.

Encostei-me à mesma coluna e, em voz baixa, balbuciei estas palavras:

– Não me esqueço!

Estremeceu e, baixando rapidamente o véu, conchegou ainda mais o largo *burnous* de cetim branco.

Cuidei que ia voltar-se, mas enganei-me; esperei muito tempo, e debalde.

Tive então um movimento de despeito e quase de raiva; depois de um mês que eu amava sem esperança, que eu guardava a maior fidelidade à sua sombra, *ela* me recebia friamente.

Revoltei-me.

– Compreendo agora – disse eu em voz baixa e como falando a um amigo que estivesse a meu lado – compreendo por que ela me foge, por que conserva esse mistério; tudo isto não passa de uma zombaria cruel, de uma comédia, em que eu faço o papel de amante ridículo. Realmente é uma lembrança engenhosa! Lançar em um coração o germe de um amor profundo; alimentá-lo de tempos a tempos com uma palavra, excitar a imaginação pelo mistério; e depois, quando esse namorado de uma sombra, de um sonho, de uma ilusão, passear pelo salão a sua figura triste e abatida, mostrá-lo a suas amigas como uma vítima imolada aos seus caprichos e escarnecer do louco! É espirituoso! O orgulho da mais vaidosa mulher deve ficar satisfeito!

Enquanto eu proferia estas palavras, repassadas de todo o fel que tinha no coração, a *Charton* modulava com a sua voz sentimental essa linda ária final da *Traviata,* interrompida por ligeiros acessos de uma tosse seca.

Ela tinha curvado a cabeça e não sei se ouvia o que eu lhe dizia ou o que a Charton cantava; de vez em quando as suas espáduas se agitavam com um tremor convulsivo, que eu tomei injustamente por um movimento de impaciência.

O espetáculo terminou, as pessoas do camarote saíram e *ela,* levantando sobre o chapéu o capuz de seu manto, acompanhou-as lentamente.

Depois, fingindo que se tinha esquecido de alguma coisa, tornou a entrar no camarote e estendeu-me a mão.

— Não saberá nunca o que me fez sofrer — disse-me com a voz trêmula.

Não pude ver-lhe o rosto; fugiu, deixando-me o seu lenço impregnado desse mesmo perfume de sândalo e todo molhado de lágrimas ainda quentes.

Quis segui-la; mas ela fez um gesto tão

suplicante que não tive ânimo de desobedecer-lhe.

Estava como dantes; não a conhecia, não sabia nada a seu respeito; porém ao menos possuía alguma coisa dela; o seu lenço era para mim uma relíquia sagrada.

Mas as lágrimas? Aquele sofrimento de que ela falava? O que queria dizer tudo isto?

Não compreendia; se eu tinha sido injusto, era uma razão para não continuar a esconder-se de mim. Que queria dizer este mistério, que parecia obrigada a conservar?

Todas estas perguntas e as conjeturas a que elas davam lugar não me deixaram dormir.

Passei uma noite de vigília a fazer suposições, cada qual mais desarrazoada.

III

Recolhendo-me no dia seguinte, achei em casa uma carta.

Antes de abri-la conheci que era dela, porque lhe tinha imprimido esse suave perfume que a cercava como uma auréola.

Eis o que dizia:

"Julga mal de mim, meu amigo; nenhuma mulher pode escarnecer de um nobre coração como o seu.

"Se me oculto, se fujo, é porque há uma fatalidade que a isto me obriga. E só Deus sabe quanto me custa este sacrifício, porque o amo!

"Mas não devo ser egoísta e trocar sua felicidade por um amor desgraçado.

"Esqueça-me."

"C."

Reli não sei quantas vezes esta carta, e, apesar da delicadeza de sentimento que parecia ter ditado suas palavras, o que para mim se tornava bem claro é que ela continuava a fugir-me.

Essa assinatura era a mesma letra que marcava o seu lenço e à qual eu, desde a véspera, pedia debalde um nome!

Fosse qual fosse esse motivo que ela chamava uma fatalidade e que eu supunha ser apenas escrúpulo, se não uma zombaria, o melhor era aceitar o seu conselho e fazer por esquecê-la.

Refleti então friamente sobre a extravagância da minha paixão e assentei que com efeito precisava tomar uma resolução decidida.

Não era possível que continuasse a correr atrás de um fantasma que se esvaecia quando ia tocá-lo.

Aos grandes males os grandes remédios,

como diz Hipócrates. Resolvi fazer uma viagem.

Mandei selar o meu cavalo, meti alguma roupa em um saco de viagem, embrulhei-me no meu capote e saí, sem me importar com a manhã de chuva que fazia.

Não sabia para onde iria. O meu cavalo levou-me para o Engenho Velho e eu daí me encaminhei para a Tijuca, onde cheguei ao meio-dia.

Todo molhado e fatigado pelos maus caminhos.

Se algum dia se apaixonar, minha prima, aconselho-lhe as viagens como um remédio soberano e talvez o único eficaz.

Deram-me um excelente almoço no hotel; fumei um charuto e dormi doze horas, sem ter um sonho, sem mudar de lugar.

Quando acordei, o dia despontava sobre as montanhas da Tijuca.

Uma bela manhã, fresca e rociada das gotas de orvalho, desdobrava o seu manto de azul por entre a cerração, que se desvanecia aos raios do sol.

O aspecto desta natureza quase virgem, esse céu brilhante, essa luz esplêndida, caindo em cascatas de ouro sobre as encostas dos rochedos, serenou-me completamente o espírito.

Fiquei alegre, o que havia muito tempo não me sucedia.

O meu hóspede, um inglês franco e cavalheiro, convidou-me para acompanhá-lo à caça; gastamos todo o dia a correr atrás de duas ou três marrecas e a bater as margens da Restinga.

Assim passei nove dias na Tijuca, vivendo uma vida estúpida quanto pode ser: dormindo, caçando e jogando bilhar.

Na tarde do décimo dia, quando já me supunha perfeitamente curado e estava contemplando o sol, que se escondia por detrás dos montes, e a lua, que derramava no espaço a sua luz doce e acetinada, fiquei triste de repente.

Não sei que caminho tomaram as minhas ideias; o caso é que daí a pouco descia a serra no meu cavalo, lamentando esses nove dias, que talvez me tivessem feito perder para sempre a minha desconhecida.

Acusava-me de infidelidade, de traição; a minha fatuidade dizia-me que eu devia ao menos ter-lhe dado o prazer de ver-me.

Que importava que ela me ordenasse que a esquecesse? Não me tinha confessado que me amava, e não devia eu resistir e vencer essa fatalidade, contra a qual ela, fraca mulher, não podia lutar?

Tinha vergonha de mim mesmo; achava-me egoísta, cobarde, irrefletido, e revoltava-me contra tudo, contra o meu cavalo que me levara à Tijuca, e o meu hóspede, cuja amabilidade ali me havia demorado.

Com esta disposição de espírito cheguei à cidade, mudei de traje e ia sair, quando o meu moleque me deu uma carta.

Era dela.

Causou-me uma surpresa misturada de alegria e de remorso:

"Meu amigo.

"Sinto-me com coragem de sacrificar o meu amor à sua felicidade; mas ao menos deixe-me o consolo de amá-lo.

"Há dois dias que espero debalde vê-lo passar e acompanhá-lo de longe com um olhar! Não me queixo; não sabe nem deve saber em que ponto de seu caminho o som de seus passos faz palpitar um coração amigo.

"Parto hoje para Petrópolis, donde voltarei breve; não lhe peço que me acompanhe, porque devo ser-lhe sempre uma desconhecida, uma sombra escura que passou um dia pelos sonhos dourados de sua vida.

"Entretanto eu desejava vê-lo ainda uma vez, apertar a sua mão e dizer-lhe adeus para sempre.

"C."

A carta tinha a data de 3; nós estávamos a 10; havia oito dias que ela partiu para Petrópolis e que me esperava.

No dia seguinte embarquei na Prainha e fiz essa viagem da baía, tão pitoresca, tão agradável e ainda tão pouco apreciada.

Mas então a majestade dessas montanhas de granito, a poesia desse vasto seio de mar, sempre alisado como um espelho, os grupos de ilhotas graciosas que bordam a baía, nada disto me preocupava.

Só tinha uma ideia... chegar; e o vapor caminhava menos rápido do que meu pensamento.

Durante a viagem pensava nessa circunstância que a sua carta me revelara, e fazia-me por lembrar de todas as ruas por onde costumava passar, para ver se adivinhava aquela onde ela morava e donde todos os dias me via sem que eu suspeitasse.

Para um homem como eu, que andava todo o dia desde a manhã até a noite, a ponto de merecer que a senhora, minha prima, me apelidasse de Judeu Errante, este trabalho era improfícuo.

Quando cheguei a Petrópolis, eram cinco horas da tarde; estava quase noite.

Entrei nesse hotel suíço, ao qual nunca mais voltei, e enquanto me serviam um magro jantar, que era o meu almoço, tomei informações.

– Têm subido estes dias muitas famílias? – perguntei eu ao criado.

– Não, senhor.

– Mas, há coisa de oito dias não vieram da cidade duas senhoras?

– Não estou certo.

– Pois indague, que preciso saber e já; isto o ajudará a obter informações.

A fisionomia sisuda do criado expandiu-se ao tinir da moeda e a língua adquiriu a sua elasticidade natural.

– Talvez o senhor queira falar de uma senhora já idosa que veio acompanhada de sua filha?

– É isso mesmo.

– A moça parece-me doente; nunca a vejo sair.

– Onde está morando?

– Aqui perto, na rua de...

– Não conheço as ruas de Petrópolis; o melhor é acompanhar-me e vir mostrar-me a casa.

– Sim, senhor.

O criado seguiu-me e tomamos por uma das ruas agrestes da cidade alemã.

IV

A noite estava escura.

Era uma dessas noites de Petrópolis, envoltas em nevoeiro e cerração.

Caminhávamos mais pelo tato do que pela vista, dificilmente distinguíamos os objetos a uma pequena distância; e muitas vezes, quando o meu guia se apressava, o seu vulto perdia-se nas trevas.

Em alguns minutos chegamos em face de um pequeno edifício construído a alguns passos do alinhamento, e cujas janelas estavam esclarecidas por uma luz interior.

– É ali.

– Obrigado.

O criado voltou e eu fiquei junto dessa casa, sem saber o que ia fazer.

A ideia de que estava perto dela, que via a luz que a esclarecia, que tocava a relva que ela pisara, fazia-me feliz.

É coisa singular, minha prima! O amor que é insaciável e exigente e não se satisfaz com tudo quanto uma mulher pode dar, que deseja o impossível, às vezes contenta-se com um simples gozo d'alma, com uma dessas emoções delicadas, com um desses *nadas,* dos quais o coração faz um mundo novo e desconhecido.

Não pense, porém, que eu fui a Petrópolis só para contemplar com enlevo as janelas de um chalé; não; ao passo que sentia esse prazer, refletia no meio de vê-la e falar-lhe.

Mas como?...

Se soubesse todos os expedientes, cada qual mais extravagante, que inventou a minha imaginação! Se visse a elaboração tenaz a que se entregava o meu espírito para descobrir um meio de dizer-lhe que eu estava ali e a esperava!

Por fim achei um; se não era o melhor, era o mais pronto.

Desde que chegara, tinha ouvido uns prelúdios de piano, mas tão débeis que pareciam antes tirados por uma mão distraída que roçava o teclado, do que por uma pessoa que tocasse.

Isto me fez lembrar que ao meu amor se prendia a recordação de uma bela música de Verdi; e foi quanto bastou.

Cantei, minha prima, ou antes assassinei aquela linda *romanza*; os que me ouvissem tornar-me-iam por algum furioso; mas ela me compreenderia.

E de fato, quando eu acabei de estropiar esse trecho magnífico de harmonia e sentimento, o piano, que havia emudecido, soltou um trilo brilhante e sonoro, que acordou os ecos adormecidos no silêncio da noite.

Depois daquela cascata de sons majestosos, que se precipitavam em ondas de harmonia do seio daquele turbilhão de notas que se cruzavam, deslizou plangente, suave e melancólica uma voz que sentia e palpitava, exprimindo todo o amor que respira a melodia sublime de Verdi.

Era ela que cantava!

Oh! não posso pintar-lhe, minha prima, a expressão profundamente triste, a angústia de que ela repassou aquela frase de despedida:

Non ti scordar di me.
Addio!...

Partia-me a alma.

Apenas acabou de cantar, vi desenhar-se uma sombra em uma das janelas; saltei a grade do jardim; mas as venezianas descidas não me permitiam ver o que se passava na sala.

Sentei-me sobre uma pedra e esperei.

Não se ria, D... ; estava resolvido a passar ali a noite ao relento, olhando para aquela casa e alimentando a esperança de que ela viria ao menos com uma palavra compensar o meu sacrifício.

Não me enganei.

Havia meia hora que a luz da sala tinha desaparecido e que toda a casa parecia dormir, quando se abriu uma das portas do jardim e eu vi ou antes pressenti a sua sombra na sala.

Recebeu-me com surpresa, sem temor, naturalmente, e como se eu fosse seu irmão ou seu marido. É porque o amor puro tem bastante delicadeza e bastante confiança para dispensar o falso pejo, o pudor de convenção de que às vezes costumam cercá-lo.

– Eu sabia que sempre havias de vir – disse-me ela.

– Oh! não me culpes! se soubesses!

– Eu culpar-te? Quando mesmo não viesses, não tinha o direito de queixar-me.

– Porque não me amas!

– Pensas isto? – disse-me com uma voz cheia de lágrimas.

– Não! não!...Perdoa!

– Perdoo-te, meu amigo, como já te perdoei uma vez; julgas que te fujo, que me oculto de ti, porque não te amo e, entretanto, não sabes que a maior felicidade para mim seria poder dar-te a minha vida.

– Mas então por que esse mistério?

– Esse mistério, bem sabes, não é uma coisa criada por mim e sim pelo acaso; se o conservo é porque, meu amigo..., tu não me deves amar.

– Não te devo amar! Mas eu amo-te!...

Ela recostou a cabeça ao meu ombro e eu senti uma lágrima cair sobre meu seio.

Estava tão perturbado, tão comovido dessa situação incompreensível, que me senti vacilar e deixei-me cair sobre o sofá.

Ela sentou-se junto de mim; e, tomando-me as duas mãos, disse-me um pouco mais calma:

– Tu dizes que me amas!

– Juro-te!

– Não te iludes talvez?

– Se a vida não é uma ilusão – respondi – penso que não, porque a minha vida agora és tu, ou antes, a tua sombra.

– Muitas vezes toma-se um capricho por amor; tu não conheces de mim, como dizes, senão a minha sombra!...

– Que me importa?...

– E se eu fosse feia? – disse ela, rindo.

– Tu és bela como um anjo! Tenho toda a certeza.

– Quem sabe?

– Pois bem; convence-me – disse eu, passando-lhe o braço pela cintura e procurando levá-la para uma sala vizinha, donde filtravam os raios de uma luz.

Ela desprendeu-se do meu braço.

A sua voz tornou-se grave e triste.

– Escuta, meu amigo; falemos seriamente.

Tu dizes que me amas; eu o creio, eu o sabia antes mesmo que me dissesses. As almas como as nossas quando se encontram, se reconhecem e se compreendem. Mas ainda há tempo; não julgas que mais vale conservar uma doce recordação do que entregar-se a um amor sem esperança e sem futuro?...

– Não, mil vezes não! Não entendo o que queres dizer; o meu amor, meu, não precisa de futuro e de esperança, porque o tem em si, porque viverá sempre!...

– Eis o que eu temia; e, entretanto, eu sabia que assim havia de acontecer; quando se tem a tua alma, ama-se uma só vez.

– Então por que exiges de mim um sacrifício que sabes ser impossível?

– Porque – disse ela com exaltação – porque, se há uma felicidade indefinível em duas almas que ligam sua vida, que se confundem na mesma existência, que só têm um passado e um futuro para ambas, que desde a flor da idade até a velhice caminham juntas para o mesmo horizonte, partilhando os seus prazeres e as suas mágoas, revendo-se uma na outra até o momento em que batem as asas e vão abrigar-se no seio de Deus, deve ser cruel, bem cruel, meu amigo, quando, tendo-se apenas encontrado, uma dessas duas almas irmãs fugir deste mundo, e a outra, viúva e triste, for condenada a levar sempre no seu seio uma ideia de morte, a trazer essa recordação, que, como um crepe de luto, envolverá a sua bela mocidade, a fazer do seu coração, cheio de vida e de amor, um túmulo para guardar as cinzas do passado! Oh! deve ser horrível!...

A exaltação com que falava tinha-se tornado uma espécie de delírio; sua voz, sempre tão doce e aveludada, parecia alquebrada pelo cansaço da respiração.

Ela caiu sobre o meu seio, agitando-se convulsivamente em um acesso de tosse.

V

Assim ficamos muito tempo imóveis, ela, com a fronte apoiada sobre o meu peito, eu, sob a impressão triste de suas palavras.

Por fim ergueu a cabeça; e, recobrando a sua serenidade, disse-me com um tom doce e melancólico:

– Não pensas que melhor é esquecer do que amar assim?

– Não! Amar, sentir-se amado, é sempre um gozo imenso e um grande consolo para a desgraça. O que é triste, o que é cruel, não é essa viuvez da alma separada de sua irmã, não; aí há um sentimento que vive, apesar da morte, apesar do tempo. É, sim, esse vácuo do coração que não tem uma afeição no mundo e que passa como um estranho por entre os prazeres que o cercam.

– Que santo amor, meu Deus! Era assim que eu sonhava ser amada!...

– E me pedias que te esquecesse!...

– Não! não! Ama-me; quero que me ames ao menos...

– Não me fugirás mais?

– Não.

– E me deixarás ver aquela que eu amo e que não conheço? – perguntei, sorrindo.

– Desejas?

– Suplico-te!

– Não sou eu tua?...

Lancei-me para a saleta onde havia luz e coloquei o lampião sobre a mesa do gabinete em que estávamos.

Para mim, minha prima, era um momento solene; toda essa paixão violenta, incompreensível, todo esse amor ardente por um vulto de mulher, ia depender talvez de um olhar.

E tinha medo de ver esvaecer-se, como um fantasma em face da realidade, essa visão poética de minha imaginação, essa criação que resumia todos os tipos.

Foi, portanto, com uma emoção extraordinária que, depois de colocar a luz, voltei-me.

Ah!...

Eu sabia que era bela; mas a minha imaginação apenas tinha esboçado o que Deus criara.

Ela olhava-me e sorria.

Era um ligeiro sorriso, uma flor que se desfolhava nos seus lábios, um reflexo que iluminava o seu lindo rosto.

Seus grandes olhos negros fitavam em mim um desses olhares lânguidos e aveludados que afagam os seios d'alma.

Um anel de cabelos negros brincava-lhe sobre o ombro fazendo sobressair a alvura diáfana de seu colo gracioso.

Tudo quanto a arte tem sonhado de belo e de voluptuoso desenhava-se naquelas formas soberbas, naqueles contornos harmoniosos que se destacavam entre as ondas de cambraia de seu roupão branco.

Vi tudo isto de um só olhar, rápido, ardente e fascinado! Depois fui ajoelhar-me diante dela e esqueci-me a contemplá-la.

Ela me sorria sempre e se deixava admirar.

Por fim tomou-me a cabeça entre as mãos e seus lábios fecharam-me os olhos com um beijo.

– Ama-me – disse.

O sonho esvaeceu-se.

A porta da sala fechou-se sobre ela; tinha-me fugido.

Voltei ao hotel.

Abri a minha janela e sentei-me ao relento.

A brisa da noite trazia-me de vez em quando um aroma de plantas agrestes que me causava íntimo prazer.

Fazia lembrar-me da vida campestre, dessa existência doce e tranquila que se passa longe das cidades, quase no seio da natureza.

Pensava como seria feliz, vivendo com ela em algum canto isolado, onde pudéssemos abrigar o nosso amor em um leito de flores e de relva.

Fazia na imaginação um idílio encantador e sentia-me tão feliz que não trocaria a minha cabana pelo mais rico palácio da terra.

Ela me amava.

Só essa ideia embelezava tudo para mim; a noite escura de Petrópolis parecia-me poética e o murmurejar triste das águas do canal tornava-se-me agradável.

Uma coisa, porém, perturbava essa felicidade; era um ponto negro, uma nuvem escura que toldava o céu da minha noite de amor.

Lembrava-me daquelas palavras tão cheias de angústia e tão sentidas, que pareciam explicar a causa de sua reserva para comigo: havia nisto um quer que seja que eu não compreendia.

Mas esta lembrança desaparecia logo sob a impressão de seu sorriso, que eu tinha em minh'alma de seu olhar, que eu guardava no coração, e de seus lábios, cujo contato ainda sentia.

Dormi embalado por estes sonhos e só acordei quando um raio de sol, alegre e travesso, veio bater-me nas pálpebras e dar-me o *bom-dia*.

O meu primeiro pensamento foi ir saudar a minha casinha; estava fechada.

Eram oito horas.

Resolvi dar um passeio para disfarçar a minha impaciência; voltando ao hotel, o criado disse-me terem trazido um objeto que recomendaram me fosse entregue logo.

Em Petrópolis não conhecia ninguém; devia ser dela.

Corri ao meu quarto e achei sobre a mesa uma caixinha de pau-cetim; na tampa havia duas letras de tartaruga incrustadas: C. L.

A chave estava fechada em uma sobrecarta com endereço a mim; dispus-me a abrir a caixa com a mão trêmula e tomado por um triste pressentimento.

Parecia-me que naquele cofre perfumado estava encerrada a minha vida, o meu amor, toda a minha felicidade.

Abri.

Continha o seu retrato, alguns fios de cabelos e duas folhas de papel escritas por ela e que li de surpresa em surpresa.

VI

Eis o que ela me dizia:

"Devo-te uma explicação, meu amigo.

"Essa explicação é a história da minha vida, breve história, da qual escreveste a mais bela página.

"Cinco meses antes do nosso primeiro encontro completava eu os meus dezesseis anos, a vida começava a sorrir-me.

"A educação rigorosa que me dera minha mãe, me conservara menina até aquela idade, e foi só quando ela julgou dever correr o véu que ocultava o mundo aos meus olhos, que eu perdi as minhas ideias de infância e as minhas inocentes ilusões.

"A primeira vez que fui a um baile, fiquei

deslumbrada no meio daquele turbilhão de cavalheiros e damas, que girava em torno de mim sob uma atmosfera de luz, de música, de perfumes.

"Tudo me causava admiração; esse abandono com que as mulheres se entregavam ao seu par de valsa, esse sorriso constante e sem expressão que uma moça parece tomar na porta da entrada para só deixá-lo à saída, esses galanteios sempre os mesmos e sempre sobre um tema banal, ao passo que me excitavam a curiosidade, faziam desvanecer o entusiasmo com que tinha acolhido a notícia que minha mãe me dera da minha entrada nos salões.

"Estavas nesse baile; foi a primeira vez que te vi.

"Reparei que nessa multidão alegre e ruidosa tu só não dançavas nem galanteavas, e passeavas pelo salão como um espectador mudo e indiferente, ou talvez como um homem que procurava uma mulher e só via *toilettes*.

"Compreendi-te e, durante muito tempo, segui-te com os olhos; ainda hoje me lembro dos teus menores gestos, da expressão do teu rosto e do sorriso de fina ironia que às vezes fugia-te pelos lábios.

"Foi a única recordação que trouxe dessa noite, e quando adormeci, os meus doces sonhos de infância, que, apesar do baile, vieram de novo pousar nas alvas cortinas de meu leito, apenas foram interrompidos um instante pela tua imagem, que me sorria.

"No dia seguinte reatei o fio de minha existência, feliz, tranquila e descuidosa, como costuma ser a existência de uma moça aos dezesseis anos.

"Algum tempo depois fui a outros bailes e ao teatro, porque minha mãe, que guardara a minha infância, como um avaro esconde o seu tesouro, queria fazer brilhar a minha mocidade.

"Quando cedia ao seu pedido e me ia aprontar, enquanto preparava o meu simples traje, murmurava: – Talvez ele esteja.

"E esta lembrança não só me tornava alegre, mas fazia com que procurasse parecer bela, para te merecer um primeiro olhar.

"Ultimamente era eu quem, cedendo a um sentimento que não sabia explicar, pedia a minha mãe para irmos a um divertimento, só na esperança de encontrar-te.

"Nem suspeitavas então que, entre todos aqueles vultos indiferentes, havia um olhar que te seguia sempre e um coração que adivinhava os teus pensamentos, que se expandia quando te via sorrir e contraía-se quando uma sombra de melancolia anuviava o teu semblante.

"Se pronunciavam o teu nome diante de mim, corava e na minha perturbação julgava que tinham lido esse nome nos meus olhos ou dentro de minh'alma, onde eu bem sabia que ele estava escrito.

"E, entretanto, nem sequer ainda me tinhas visto; se teus olhos haviam passado alguma vez por mim, tinha sido em um desses momentos em que a luz se volta para o íntimo, e se olha, mas não se vê.

"Consolava-me, porém, que algum dia o acaso nos reuniria, e então não sei o que me dizia que era impossível não me amares.

"O acaso deu-se, mas quando a minha existência já se tinha completamente transformado.

"Ao sair de um desses bailes, apanhei uma pequena constipação, de que não fiz caso. Minha mãe teimava que eu estava doente, e eu achava-me apenas um pouco pálida e sentia às vezes um ligeiro calafrio, que eu curava, sentando-me ao piano e tocando alguma música de bravura.

"Um dia, porém, achei-me mais abatida; tinha as mãos e os lábios ardentes, a respiração era difícil, e ao menor esforço umedecia-se-me a pele com uma transpiração que me parecia gelada.

"Atirei-me sobre um sofá e, com a cabeça recostada ao colo de minha mãe, caí em um letargo que não sei quanto tempo durou. Lembro-me somente que, no momento mesmo em que ia despertando dessa sonolência que se apoderara de mim, vi minha mãe, sentada à cabeceira de meu leito, chorando, e um homem dizia-lhe algumas palavras de consolo, que eu ouvi como em sonho:

"– Não desespere, minha senhora; a ciência não é infalível, nem os meus diagnósticos são sentenças irrevogáveis. Pode ser que a natureza e as viagens a salvem. Mas é preciso não perder tempo.

"O homem partiu.

"Não tinha compreendido as suas palavras, às quais não ligava o menor sentido.

"Passando um instante, ergui tranquilamente os olhos para minha mãe, que escondeu o lenço e tragou em silêncio o seu pranto e os seus soluços.

"– Tu choras, mamãe?

"– Não, minha... filha não... não é nada.

"– Mas tu estás com os olhos cheios de lágrimas!... – disse eu assustada.

"– Ah! sim!...uma notícia triste que me contaram há pouco...sobre uma pessoa... que tu não conheces.

"– Quem é este senhor que estava aqui?

"– É o Dr. Valadão, que te veio visitar.

"– Então eu estou muito doente, boa mamãe?

"– Não, minha filha, ele assegurou que não tens nada; é apenas um incômodo nervoso.

"E minha querida mãe, não podendo mais conter as lágrimas que saltavam dos olhos, fugiu, pretextando uma ordem a dar.

"Então, à medida que a minha inteligência ia saindo do letargo, comecei a refletir sobre o que se tinha passado.

"Aquele desmaio tão longo, aquelas palavras que eu ouvira ainda entre as névoas de um sono agitado, as lágrimas de minha mãe e a sua repentina aflição, o tom condoído com que o médico lhe falara...

"Um raio de luz esclareceu de repente o meu espírito.

"Estava desenganada.

"O poder da ciência, o olhar profundo, seguro, infalível, desse homem que lê no corpo humano como em um livro aberto, tinha visto no meu seio um átomo imperceptível.

"E esse átomo era o verme que devia destruir as fontes da vida, apesar dos meus dezesseis anos, apesar de minha organização, apesar de minha beleza e dos meus sonhos de felicidade!"

Aqui terminava a primeira folha, que

eu acabei de ler entre as lágrimas que me inundavam as faces e caíam sobre o papel.

Era este o segredo de sua estranha reserva; era a razão por que me fugia, por que se ocultava, por que ainda na véspera dizia que se tinha imposto o sacrifício de nunca ser amada por mim.

Que sublime abnegação, minha prima! E, como eu me sentia pequeno e mesquinho à vista desse amor tão nobre!

VII

Continuei a ler:

"Sim, meu amigo!...

"Estava condenada a morrer; estava atacada dessa moléstia fatal e traiçoeira, cujo dedo descarnado nos toca no meio dos prazeres e dos risos, nos arrasta ao leito, e do leito ao túmulo, depois de ter escarnecido da natureza, transfigurando as suas belas criações em múmias animadas.

"É impossível descrever-te o que se passou então em mim; foi um desespero mudo e concentrado, mas que me prostrou em uma atonia profunda; foi uma angústia pungente e cruel.

"As rosas da minha vida apenas se entreabriam e já eram bafejadas por um hálito infetado; já tinham no seio o germe de morte que devia fazê-las murchar!

"Meus sonhos de futuro, minhas tão risonhas esperanças, meu puro amor, que nem sequer ainda tinha colhido o primeiro sorriso, este horizonte, que há pouco me parecia tão brilhante, tudo isto era uma visão que ia sumir-se, uma luz que lampejava prestes a extinguir-se.

"Foi preciso um esforço sobre-humano para esconder de minha mãe a certeza que eu tinha sobre o meu estado e para gracejar dos seus temores, que eu chamava imaginários.

"Boa mãe! Desde então só viveu para consagrar-se exclusivamente à sua filha, para envolvê-la com esse desvelo e essa proteção que Deus deu ao coração materno, para abrigar-me com suas preces, sua solicitude e seus carinhos, para lutar à força de amor e de dedicação contra o destino.

"Logo no dia seguinte fomos para Andaraí, onde ela alugara uma chácara, e aí, graças a seus cuidados, adquiri tanta saúde, tanta força, que me julgaria boa se não fosse a sentença fatal que pesava sobre mim.

"Que tesouro de sentimento e de delicadeza que é um coração de mãe, meu amigo!

Que tato delicado, que sensibilidade apurada, possui esse amor sublime!

"Nos primeiros dias, quando ainda estava muito abatida e era obrigada a agasalhar-me, se visses como ela pressentia as rajadas de um vento frio antes que ele agitasse os renovos dos cedros do jardim, como adivinhava a menor neblina antes que a primeira gota umedecesse a laje do nosso terraço!

"Fazia tudo por distrair-me; brincava comigo como uma camarada de colégio; achava prazer nas menores coisas para excitar-me a imitá-la; tornava-se menina e obrigava-me a ter caprichos.

"Enfim, meu amigo, se fosse a dizer-te tudo, escreveria um livro e esse livro deves ter lido no coração de tua mãe, porque todas as mães se parecem.

"Ao cabo de um mês tinha recobrado a saúde para todos, exceto para mim, que às vezes sentia um quer que seja como uma contração, que não era dor, mas que me dizia que o mal estava ali, e dormia apenas.

"Foi nesta ocasião que te encontrei no ônibus de Andaraí: quando entravas, a luz do lampião iluminou-te o rosto e eu te reconheci.

"Faze ideia que emoção sentira quando te sentaste junto de mim.

"O mais tu sabes; eu te amava e era tão feliz de ter-te ao meu lado, de apertar a tua mão, que nem me lembrava como te devia parecer ridícula uma mulher que, sem te conhecer, te permitia tanto.

"Quando nos separamos, arrependi-me do que tinha feito.

"Com que direito ia eu perturbar a tua felicidade, condenar-te a um amor infeliz e obrigar-te a associar tua vida a uma existência triste, que talvez não te pudesse dar senão os tormentos de seu longo martírio?!

"Eu te amava; mas, já que Deus não me tinha concedido a graça de ser tua companheira neste mundo, não devia ir roubar ao teu lado e no teu coração o lugar que outra mais feliz, porém menos dedicada, teria de ocupar.

"Continuei a amar-te, mas impus-me a mim mesma o sacrifício de nunca ser amada por ti.

"Vês, meu amigo, que não era egoísta e preferia a tua à minha felicidade. Tu farias o mesmo, estou certa.

"Aproveitei o mistério do nosso primeiro encontro e esperei que alguns dias te fizessem esquecer essa aventura e quebrassem o único e bem frágil laço que te prendia a mim.

"Deus não quis que acontecesse assim; vendo-te só em um baile, tão triste, tão pensativo, procurando um ser invisível, uma sombra e querendo descobrir os seus vestígios em algum dos rostos que passavam diante de ti, senti um prazer imenso.

"Conheci que tu me amavas; e, perdoa, fiquei orgulhosa dessa paixão ardente, que uma só palavra minha havia criado, desse poder do meu amor, que, por uma força de atração inexplicável, tinha-te ligado à minha sombra.

"Não pude resistir.

"Aproximei-me, disse-te uma palavra sem que tivesses tempo de ver-me; foi essa mesma palavra que resume todo o poema do nosso amor e que, depois do primeiro encontro, era, como ainda hoje, a minha prece de todas as noites.

"Sempre que me ajoelho diante do meu crucifixo de marfim, depois de minha oração, ainda com os olhos na cruz e o pensamento em Deus, chamo a tua imagem para pedir-te que *não te esqueças de mim.*

"Quando tu te voltaste ao som da minha voz, eu tinha entrado no *toilette;* e pouco depois saí desse baile, onde apenas acabava de entrar, tremendo da minha imprudência, mas alegre e feliz por te ter visto ainda uma vez.

"Deves agora compreender o que me fizeste sofrer no teatro quando me dirigias aquela acusação tão injusta, no momento mesmo em que a Charton cantava a ária da *Traviata*.

"Não sei como não me traí naquele momento e não te disse tudo; o teu futuro, porém, era sagrado para mim, e eu não devia destruí-lo para satisfação de meu amor-próprio ofendido.

"No dia seguinte escrevi-te; e assim, sem me trair, pude ao menos reabilitar-me na tua estima; doía-me muito que, ainda mesmo não me conhecendo, tivesses sobre mim uma ideia tão injusta e tão falsa.

"Aqui é preciso dizer-te que no dia seguinte ao do nosso primeiro encontro, tínhamos voltado à cidade, e eu te via passar todos os dias diante de minha janela, quando fazias o teu passeio costumado à Glória.

"Por detrás das cortinas, seguia-te com o olhar, até que desaparecias no fim da rua, e este prazer, rápido como era, alimentava o meu amor, habituado a viver de tão pouco.

"Depois da minha carta tu deixaste de passar dois dias, estava eu a partir para aqui, donde devia voltar unicamente para embarcar no paquete inglês.

"Minha mãe, incansável nos seus desvelos, quer levar-me à Europa e fazer-me viajar pela Itália, pela Grécia, por todos os países de um clima doce.

"Ela diz que é para mostrar-me os grandes modelos de arte e cultivar o meu espírito, mas eu sei que essa viagem é a sua única esperança, que não podendo nada contra a minha enfermidade, quer ao menos disputar-lhe a sua vítima durante mais algum tempo.

"Julga que fazendo-me viajar sempre me dará mais alguns dias de existência, como se estes sobejos de vida valessem alguma coisa para quem já perdeu a sua mocidade e o seu futuro.

"Quando ia embarcar para aqui, lembrei-me de que talvez não te visse mais e, diante dessa derradeira provança, sucumbi. Ao menos o consolo de dizer-te adeus!...

"Era o último!

"Escrevi-te uma segunda vez; admirava-me da tua demora, mas tinha uma quase certeza de que havias de vir.

"Não me enganei.

"Vieste, e toda a minha resolução, toda a minha coragem cedeu, porque, sombra ou mulher, conheci que me amavas como eu te amo.

"O mal estava feito.

"Agora, meu amigo, peço-te por mim, pelo amor que me tens, que reflitas no que te vou dizer, mas que reflitas com calma e tranquilidade.

"Para isto parti hoje de Petrópolis, sem prevenir-te, e coloquei entre nós o espaço de vinte e quatro horas e uma distância de muitas léguas.

"Desejo que não procedas precipitadamente e que, antes de dizer-me uma palavra, tenhas medido todo o alcance que ela deve ter sobre o teu futuro.

"Sabes o meu destino, sabes que sou uma vítima, cuja hora está marcada, e que todo o meu amor, imenso, profundo, não te pode dar talvez dentro em bem pouco senão o sorriso contraído pela tosse, o olhar desvairado pela febre e carícias roubadas aos sofrimentos.

"É triste; e não deves imolar assim a tua bela mocidade, que ainda te reserva tantas venturas e talvez um amor como o que eu te consagro.

"Deixo-te, pois, meu retrato, meus cabelos e minha história; guardados como uma lembrança, e pensa algumas vezes em mim: beija esta folha muda, onde os meus lábios deixaram-te o adeus extremo.

"Entretanto, meu amigo, se, como tu dizias ontem, a felicidade é amar e sentir-se amado; se te achas com forças de partilhar essa curta existência, esses poucos dias que me restam a passar sobre a terra, se me queres dar esse consolo supremo, único que ainda embelezaria minha vida, vem!

"Sim, vem! iremos pedir ao belo céu da Itália mais alguns dias de vida para nosso amor; iremos aonde tu quiseres, ou aonde nos levar a Providência.

"Errantes pelas vastas solidões dos mares ou pelos cimos elevados das montanhas, longe do mundo, sob o olhar protetor de Deus, à sombra dos cuidados de nossa mãe, viveremos tanto um como outro, encheremos de tanta afeição os nossos dias, as nossas horas, os nossos instantes, que, por curta que seja a minha existência, teremos vivido por cada minuto séculos de amor e de felicidade.

"Eu espero; mas temo.

"Espero-te como a flor desfalecida espera o raio de sol que deve aquecê-la, a gota de orvalho que pode animá-la, o hálito da brisa que vem bafejá-la. Porque para mim o único céu que hoje me sorri, são teus olhos; o calor que pode me fazer viver, é o do teu seio.

"Entretanto temo, temo por ti, e quase peço a Deus que te inspire e te salve de um sacrifício talvez inútil!

"Adeus para sempre, ou até amanhã!

"CARLOTA"

VIII

Devorei toda esta carta de um lanço de olhos.

Minha vista corria sobre o papel como o meu pensamento, sem parar, sem hesitar, poderia até dizer sem respirar.

Quando acabei de ler, só tinha um desejo: era o de ir ajoelhar-me a seus pés e receber como uma bênção do céu esse amor sublime e santo.

Como sua mãe, lutaria contra o destino, cercá-la-ia de tanto afeto e de tanta adoração, tornaria sua vida tão bela e tão tranquila, prenderia tanto sua alma à terra, que lhe seria impossível deixá-la.

Criaria para ela com o meu coração um mundo novo, sem as misérias e as lágrimas deste mundo em que vivemos; um mundo só de ventura, onde a dor e o sofrimento não pudessem penetrar.

Pensava que devia haver no universo algum lugar desconhecido, algum canto de terra ainda puro do hálito do homem, onde a natureza virgem conservaria o perfume dos primeiros tempos da criação e o contato das mãos de Deus quando a formará.

Aí era impossível que o ar não desse

vida; que o raio do sol não viesse impregnado de um átomo de fogo celeste; que a água, as árvores, a terra, cheia de tanta seiva e de tanto vigor, não inoculassem na criatura essa vitalidade poderosa da natureza no seu primitivo esplendor.

Iríamos, pois, a uma dessas solidões desconhecidas; o mundo abria-se diante de nós e eu sentia-me com bastante força e bastante coragem para levar o meu tesouro além dos mares e das montanhas, até achar um retiro onde esconder a nossa felicidade.

Nesses desertos, tão vastos, tão extensos, não haveria sequer vida bastante para duas criaturas que apenas pediam um palmo de terra e um sopro de ar, a fim de poderem elevar a Deus, como uma prece constante, o seu amor tão puro?

Ela dava-me vinte e quatro horas para refletir e eu não queria nem um minuto, nem um segundo.

Que me importavam o meu futuro e a minha existência se eu os sacrificaria de bom grado para dar-lhe mais um dia de vida?

Todas estas ideias, minha prima, cruzavam-se no meu espírito, rápidas e confusas, enquanto eu fechava na caixinha de pau-cetim os objetos preciosos que ela encerrava, copiava na minha carteira a sua morada, escrita no fim da carta, e atravessava o espaço que me separava da porta do hotel.

Aí encontrei o criado da véspera.

– A que horas parte a barca da Estrela?

– Ao meio-dia.

Eram onze horas; no espaço de uma hora eu faria as quatro léguas que me separavam daquele porto.

Lancei os olhos em torno de mim com uma espécie de desvario.

Não tinha um trono, como Ricardo III, para oferecer em troca de um cavalo; mas tinha a realeza do nosso século, tinha dinheiro.

A dois passos da porta do hotel estava um cavalo, que o seu dono tinha pela rédea.

– Compro-lhe este cavalo – disse eu, caminhando para ele, sem mesmo perder tempo em cumprimentá-lo.

– Não pretendia vendê-lo – respondeu-me o homem cortesmente; mas, se o senhor está disposto a dar o preço que ele vale...

– Não questiono sobre o preço; compro-lhe o cavalo arreado como está.

O sujeito olhou-me admirado; porque, a falar a verdade, os seus arreios nada valiam.

Quanto a mim, já lhe tinha tomado as rédeas da mão; e, sentado no selim, esperava que me dissesse quanto tinha de pagar-lhe.

– Não repare, fiz uma aposta e preciso de um cavalo para ganhá-la.

Isto deu-lhe a compreender a singularidade do meu ato e a pressa que eu tinha; recebeu sorrindo o preço do seu animal e disse, saudando-me com a mão, de longe, porque já eu dobrava a rua:

– Estimo que ganhe a aposta; o animal é excelente!

Na verdade era uma aposta que eu tinha feito comigo mesmo, ou antes com a minha razão, a qual me dizia que era impossível apanhar a barca, e que eu fazia uma extravagância sem necessidade, pois bastava ter paciência por vinte e quatro horas.

Mas o amor não compreende esses cálculos e esses raciocínios próprios da fraqueza humana; criado com uma partícula do fogo divino, ele eleva o homem acima da terra, desprende-o da argila que o envolve e dá-lhe força para dominar todos os obstáculos, para querer o impossível.

Esperar tranquilamente um dia para dizer-lhe que eu a amava e queria amá-la com todo o culto e admiração que me inspirava a sua nobre abnegação, me parecia quase uma infâmia.

Seria dizer-lhe que tinha refletido friamente, que tinha pesado todos os prós e os contras do passo que ia dar, que havia calculado como um egoísta a felicidade que ela me oferecia.

Não só a minha alma se revoltava contra esta ideia; mas parecia-me que ela, com a sua extrema delicadeza de sentimento, embora não se queixasse, sentiria ver-se o objeto de um cálculo e o alvo de um projeto de futuro.

A minha viagem foi uma corrida louca, desvairada, delirante. Novo *Mazzeppa*, passava por entre a cerração da manhã, que cobria os píncaros da serrania, como uma sombra que fugia rápida e veloz.

Dir-se-ia que alguma rocha colocada em um dos cabeços da montanha tinha-se desprendido de seu alvéolo secular e, precipitando-se com todo o peso, rolava surdamente pelas encostas.

O galopar do meu cavalo formava um único som, que ia reboando pelas grutas e cavernas e confundia-se com o rumor das torrentes.

As árvores, cercadas de névoa, fugiam diante de mim como fantasmas; o chão desaparecia sob os pés do animal; às vezes parecia-me que a terra ia faltar-me e que o cavalo e cavaleiro rolavam por algum desses abismos imensos e profundos, que devem ter servido de túmulos tirânicos.

Mas, de repente, entre uma aberta de nevoeiro, eu via a linha azulada do mar e fechava os olhos e atirava-me sobre o meu cavalo, gritando-lhe ao ouvido a palavra de Byron:
– *Away!**

Ele parecia entender-me e precipitava essa corrida desesperada; não galopava, voava; seus pés, como impelidos por quatro molas de aço, nem tocavam a terra.

Assim, minha prima, devorando o espaço e a distância, foi ele, o nobre animal, abater-se a alguns passos apenas da praia; a coragem e as forças só o tinham abandonado com a vida e no termo da viagem.

Em pé, ainda sobre o cadáver desse companheiro leal, via a coisa de uma milha o vapor que singrava ligeiramente para a cidade.

Aí fiquei, perto de uma hora, seguindo com os olhos essa barca que a conduzia; e quando o casco desapareceu, olhei os frocos de fumaça do vapor, que se enovelaram no ar e que o vento desfazia a pouco e pouco.

Por fim, quando tudo desapareceu e que nada me falava dela, olhei ainda o mar por onde havia passado e o horizonte que a ocultava aos meus olhos.

O sol dardejava raios de fogo; mas eu nem me importava com o sol; todo o meu espírito

---
* *Away!* – Adiante!

e os meus sentidos se concentravam em um único pensamento; vê-la, vê-la em uma hora, em um momento, se possível fosse.

Um velho pescador arrastava nesse momento a sua canoa à praia.

Aproximei-me e disse-lhe:

– Meu amigo, preciso ir à cidade, perdi a barca e desejava que você me conduzisse na sua canoa.

– Mas se eu agora mesmo é que chego!

– Não importa; pagarei o seu trabalho, também o incômodo que isto lhe causa.

– Não posso, não, senhor, não é lá pela paga que eu digo que estou chegando; mas é que passar a noite no mar sem dormir não é lá das melhores coisas; e estou caindo de sono.

– Escute, meu amigo...

– Não se canse, senhor; quando eu digo não, é não; e está dito.

E o velho continuou a arrastar a sua canoa.

– Bem, não falemos mais nisto; mas conversemos.

– Lá isto como o senhor quiser.

– A sua pesca rende-lhe bastante?

– Qual! rende nada!...

– Ora diga-me! Se houvesse um meio de fazer-lhe ganhar em um só dia o que pode ganhar em um mês, não enjeitaria decerto?

— Isto é coisa que se pergunte?

— Quando mesmo fosse preciso embarcar depois de passar uma noite em claro no mar?

— Ainda que devesse remar três dias com três noites, sem dormir nem comer.

— Nesse caso, meu amigo, prepare-se, que vai ganhar o seu mês de pescaria; leve-me à cidade.

— Ah! isto já é outro falar; por que não disse logo?...

— Era preciso explicar-me?!

— Bem diz o ditado que é falando que a gente se entende.

— Assim, é negócio decidido. Vamos embarcar?

— Com licença; preciso de um instantinho para prevenir a mulher; mas é um passo lá e outro cá.

— Olhe, não se demore; tenho muita pressa.

— É em um fechar de olhos – disse ele, correndo na direção da vila.

Mal tinha feito vinte passos, parou, hesitou, e por fim voltou lentamente pelo mesmo caminho.

Eu tremia; julgava que se tinha arrependido, que vinha apresentar-me alguma nova dificuldade. Chegou-se para mim de olhos baixos e coçando a cabeça.

– O que temos, meu amigo? – perguntei-lhe com uma voz que esforçava por ter calma.

– É que... o senhor disse que pagava um mês...

– Decerto; e, se duvida, disse, levando a mão ao bolso.

– Não, senhor, Deus me defenda de desconfiar do senhor! Mas é que sim, não vê, o mês agora tem menos um dia que os outros!

Não pude deixar de sorrir-me do temor do velho; nós estávamos com efeito, no mês de fevereiro.

– Não se importe com isto; está entendido que, quando eu digo um mês, é um mês de trinta e um dias; os outros são meses aleijados, e não se contam.

– É isso mesmo – disse o velho, rindo-se da minha ideia; assim como quem diz, um homem sem um braço. Ah!... ah!...

E, continuando a rir-se, tomou o caminho de casa e desapareceu.

Quanto a mim, estava tão contente com a ideia de chegar à cidade em algumas horas que não pude deixar também de rir-me do caráter original do pescador.

Conto-lhe estas cenas e as outras que se lhe seguiram com todas as suas circunstâncias por duas razões, minha prima.

A primeira é porque desejo que compreenda bem o drama simples que me propus traçar-lhe; a segunda é porque tenho tantas vezes repassado na memória as menores particularidades dessa história, tenho ligado de tal maneira o meu pensamento a essas reminiscências, que não me animo a destacar delas a mais insignificante circunstância; parece-me que se o fizesse, separaria uma parcela de minha vida.

Depois de duas horas de espera e de impaciência, embarquei nessa casquinha de noz, que saltou sobre as ondas, impelida pelo braço ainda forte e ágil do velho pescador.

Antes de partir fiz enterrar o meu pobre cavalo; não podia deixar assim exposto às aves de rapina o corpo desse nobre animal, que eu tinha roubado à afeição do seu dono, para imolá-lo à satisfação de um capricho meu.

Talvez lhe pareça isto uma puerilidade; mas a senhora é mulher, minha prima, e deve saber que, quando se ama como eu amava, tem-se o coração tão cheio de afeição, que espalha uma atmosfera de sentimento em torno de nós e inunda até os objetos inanimados, quanto mais as criaturas, ainda irracionais, que um momento se ligaram à nossa existência para realização de um desejo.

IX

Eram seis horas da tarde.

O sol declinava rapidamente e a noite, descendo do céu, envolvia a terra nas sombras desmaiadas que acompanhavam o ocaso.

Soprava uma forte viração de sudoeste, que desde o momento da partida retardava a nossa viagem; lutávamos contra o mar e o vento.

O velho pescador, morto de fadiga e de sono, estava exausto de forças; a sua pá, que a princípio fazia saltar sobre as ondas como um peixe o frágil barquinho, apenas feria agora a flor da água.

Eu, recostado na popa, e com os olhos fitos na linha azulada do horizonte, esperando a cada momento ver desenhar-se o perfil do meu belo Rio de Janeiro, começava seriamente a inquietar-me na minha extravagância e loucura.

À proporção que declinava o dia e que as sombras cobriam o céu, esse vago inexprimível da noite no meio das ondas, a tristeza e melancolia que infunde o sentimento da fraqueza do homem em face dessa solidão imensa de água e de céu, se apoderavam do meu espírito.

Pensava então que teria sido mais prudente esperar o dia seguinte e fazer uma viagem breve e rápida, do que sujeitar-me a mil contratempos e mil embaraços, que no fim de contas nada adiantavam.

Com efeito já tinha anoitecido; e, ainda que conseguíssemos chegar à cidade por volta de nove ou dez horas, só no dia seguinte poderia ver Carlota e falar-lhe.

De que havia servido, pois, todo o meu arrebatamento, toda a minha impaciência? Tinha morto um animal, tinha incomodado um pobre velho, tinha atirado às mãos-cheias dinheiro, que poderia melhor empregar socorrendo algum infortúnio e cobrindo esta obra de caridade com o nome e a lembrança dela.

Concebia uma triste ideia de mim; no meu modo de ver então as coisas, parecia-me que eu tinha feito do amor, que é uma sublime paixão, apenas uma estúpida mania; e dizia interiormente que o homem que não domina os seus sentimentos é um escravo, que não tem o menor merecimento quando pratica um ato de dedicação.

Tinha-me tornado filósofo, minha prima, e decerto compreenderá a razão.

No meio da baía, metido em uma canoa, à mercê do vento e do ar, não podendo dar largas à minha impaciência de chegar, não havia senão um modo de sair desta situação, e este era arrepender-me do que tinha feito.

Se eu pudesse fazer alguma nova loucura, creio piamente que adiaria o arrependimento para mais tarde, porém era impossível.

Tive um momento a ideia de atirar-me à água e procurar vencer a nado a distância que me separava dela; mas era noite, não tinha a luz de Hero para guiar-me, e me perderia nesse novo Helesponto.

Foi decerto uma inspiração do céu ou o meu anjo da guarda que me veio advertir que naquela ocasião eu nem sabia mesmo de que lado ficava a cidade.

Resignei-me, pois, e arrependi-me sinceramente.

Dividi com o meu companheiro algumas provisões que tínhamos trazido; e fizemos uma verdadeira colação de contrabandistas ou piratas.

Caí na asneira de obrigá-lo a beber uma garrafa de vinho do Porto, bebendo eu outra para acompanhá-lo e fazer-lhe as honras da hospitalidade. Julgava que deste modo ele restabeleceria as forças e chegaríamos mais depressa.

Tinha-me esquecido de que a sabedoria das nações, ou a ciência dos provérbios, consagra o princípio de que devagar se vai ao longe.

Acabada a nossa magra colação, o pescador começou a remar com uma força e um vigor que me reanimaram a esperança.

Assim, docemente embalado pela ideia de vê-la e pelo marulho das ondas, com os olhos fitos na estrela da tarde, que se ia sumindo no horizonte e me sorria como para consolar-me, senti a pouco e pouco fecharem-se as pálpebras, e dormi.

Quando acordei, minha prima, o sol derramava seus raios de ouro sobre o manto azulado das ondas: era dia claro.

Não sei onde estávamos; via ao longe algumas ilhas; o pescador dormia na proa, e ressonava como um boto.

A canoa tinha vogado à mercê da corrente; e o remo, que caíra naturalmente das mãos do velho, no momento em que ele cedera à força invencível do sono, tinha desaparecido.

Estávamos no meio da baía, sem poder dar um passo, sem poder mover-nos.

Aposto, minha prima, que a senhora acaba de dar uma risada, pensando na cômica posição em que me achava; mas seria uma injustiça zombar de uma dor profunda, de uma angústia cruel como a que sofri então.

Os instantes, as horas, corriam de decepção em decepção; alguns barcos que passaram perto, apesar dos nossos gritos, seguiram o seu caminho, não podendo supor que com o tempo calmo e sereno que fazia houvesse sombra de perigo para uma canoa que boiava tão levemente sobre as ondas.

O velho, que tinha acordado, nem se desculpava; mas a sua aflição era tão grande que quase me comoveu; o pobre homem arrancava os cabelos e mordia os beiços de raiva.

As horas correram assim nessa atonia do desespero. Sentados em face um do outro, talvez culpando-nos mutuamente do que sucedia, não proferíamos uma palavra, não fazíamos um gesto.

Por fim veio a noite. Não sei como não fiquei louco, lembrando-me de que estávamos a 13, e que o paquete devia partir no dia seguinte.

Não era unicamente a ideia de uma ausência que me afligia; era também a lembrança do mal que ia causar-lhe, a ela, que, ignorando o que se passava, me julgaria egoísta, suporia que a havia abandonado e que ficara em Petrópolis, divertindo-me.

Aterrava-me com as consequências que poderia ter esse fato sobre a sua saúde tão frágil, sobre a sua vida, e me condenava já como assassino.

Lancei um olhar alucinado sobre o pescador e tive ímpetos de abraçá-lo e atirar-me com ele ao mar.

Oh! como sentia então o nada do homem e a fraqueza da nossa raça, tão orgulhosa de sua superioridade e do seu poder!

De que me serviam a inteligência, a vontade e essa força invencível do amor, que me impelia e me dava coragem para arrostar vinte vezes a morte?

Algumas braças d'água e uma pequena distância me retinham e me encadeavam naquele lugar como a um poste; a falta de um remo, isto é, de três palmos de madeira, criava para mim o impossível; um círculo de ferro me cingia, e para quebrar essa prisão, contra a qual toda a minha razão era impotente, bastava-me que fosse um ente irracional.

A gaivota, que frisava as ondas com a ponta de suas asas brancas; o peixe, que fazia cintilar um momento seu dorso de escamas à luz das estrelas; o inseto, que vivia no seio das águas e plantas marinhas, eram reis dessa solidão, na qual o homem não podia sequer dar um passo.

Assim, blasfemando contra Deus e sua obra, sem saber o que fazia nem o que pensava, entreguei-me à Providência; embrulhei-me no meu capote, deitei-me e fechei os olhos, para não ver a noite adiantar-se, as estrelas empalidecerem e o dia raiar.

Tudo estava sereno e tranquilo; as águas nem se moviam; apenas sobre a face lisa do mar passava uma aragem tênue, que se diria hálito das ondas adormecidas.

De repente, pareceu-me sentir que a canoa deixara de boiar à discrição e singrava lentamente; julgando que fosse ilusão minha, não me importei, até que um movimento contínuo e regular convenceu-me.

Afastei a aba do capote e olhei, receando ainda iludir-me; não vi o pescador; mas a alguns passos da proa percebi os rolos de espuma que formavam um corpo, agitando-se nas ondas.

Aproximei-me e distingui o velho pescador, que nadava, puxando a canoa por meio de uma corda que amarrara à cintura, para deixar-lhe os movimentos livres.

Admirei essa dedicação do pobre velho, que procurava remediar a sua falta por um sacrifício que eu supunha inútil: não era possível que um homem nadasse assim por muito tempo.

Com efeito, passados alguns instantes, vi-o parar e saltar ligeiramente na canoa como temendo acordar-me; a sua respiração fazia uma espécie de burburinho no seu peito largo e forte.

Bebeu um trago de vinho e com o mesmo cuidado deixou-se cair n'água e continuou a puxar a canoa.

Era alta noite quando nesta marcha chegamos a uma espécie de praia, que teria quando muito duas braças. O velho saltou e desapareceu.

Fitando a vista nas trevas, vi uma claridade, que não pude distinguir se era fogo, se luz, senão quando uma porta, abrindo-se, deixou-me ver o interior de uma cabana.

O velho voltou com um outro homem, sentaram-se sobre uma pedra e começaram a falar em voz baixa. Senti uma grande inquietação; na verdade, minha prima, só me faltava, para completar a minha aventura, uma história de ladrões.

A minha suspeita, porém, era injusta; os dois pescadores estavam à espera de dois remos que lhes trouxe uma mulher, e imediatamente embarcaram e começaram a remar com uma força espantosa.

A canoa resvalou sobre as ondas, ágil e veloz como um desses peixes de que havia pouco invejava a rapidez.

Ergui-me para agradecer a Deus, ao céu,

às estrelas, às águas, a toda a natureza enfim, o raio de esperança que me enviavam.

Uma faixa escarlate já se desenhava no horizonte; o oriente foi-se esclarecendo de gradação em gradação, até que deixou ver o disco luminoso do sol.

A cidade começou a erguer-se do seio das ondas, linda e graciosa, como uma donzela que, recostada sobre um monte de relva, banhasse os pés na corrente límpida de um rio.

A cada movimento de impaciência que eu fazia, os dois pescadores dobravam-se sobre os remos e a canoa voava. Assim nos aproximamos da cidade, passamos entre os navios, e nos dirigimos à Glória, onde pretendia desembarcar, para ficar mais próximo de sua casa.

Em um segundo tinha tomado a minha resolução; chegar, vê-la, dizer-lhe que a seguia, e embarcar-me nesse mesmo paquete em que ela ia partir.

Não sabia que horas eram; mas há pouco havia amanhecido; tinha tempo para tudo, tanto mais que eu só precisava de uma hora. Um crédito sobre Londres e a minha mala de viagem eram todos os meus preparativos; podia acompanhá-la ao fim do mundo.

Já via tudo cor-de-rosa, sorria à minha ventura e gozava da alegre surpresa que ia causar-lhe, a ela que já não me esperava.

A surpresa, porém, foi minha.

Quando passava diante de Villegaignon, descobri de repente o paquete inglês: as pás se moviam indolentemente e imprimiam ao navio essa marcha vagarosa do vapor, que parece experimentar as suas forças, para precipitar-se a toda a carreira.

Carlota estava sentada sob a tolda, com a cabeça encostada ao ombro de sua mãe e com os olhos engolfados no horizonte, que ocultava o lugar onde tínhamos passado a primeira e última hora de felicidade.

Quando me viu, fez um movimento como se quisesse lançar-se para mim; mas conteve-se, sorriu-se para sua mãe, e, cruzando as mãos no peito, ergueu os olhos ao céu, como para agradecer a Deus, ou para dirigir-lhe uma prece.

Trocamos um longo olhar, um desses olhares que levam toda a nossa alma e a trazem ainda palpitante das emoções que sentiu noutro coração; uma dessas correntes elétricas que ligam duas vidas em um só fio.

O vapor soltou um gemido surdo; as rodas fenderam as águas; e o monstro marinho, rugindo como uma cratera, vomitando fumo e devorando espaço com os seus flancos negros, lançou-se.

Por muito tempo ainda vi o seu lenço branco agitar-se ao longe, como as asas brancas do meu amor, que fugia e voava ao céu.

O paquete sumiu-se no horizonte.

X

O resto desta história, minha prima, a senhora conhece, com exceção de algumas particularidades.

Vivi um mês, contando os dias, as horas e os minutos; o tempo corria vagarosamente para mim, que desejava poder devorá-lo.

Quando tinha durante uma manhã inteira olhado o seu retrato, conversado com ele, e lhe contado a minha impaciência e o meu sofrimento, começava a calcular as horas que faltavam para acabar o dia, os dias que faltavam para acabar a semana e as semanas que ainda faltavam para acabar o mês.

No meio da tristeza que me causara a sua ausência, o que me deu um grande consolo foi uma carta que ela me havia deixado e que me foi entregue no dia seguinte ao da sua partida.

"Bem vês, meu amigo, dizia-me ela, que Deus não quer aceitar o teu sacrifício. Apesar de todo o teu amor, apesar de tua alma, ele impediu a nossa união; poupou-te um sofrimento e a mim talvez um remorso.

"Sei tudo quanto fizeste por minha causa e adivinho o resto; parto triste por não te ver, mas bem feliz por sentir-me amada, como nenhuma mulher talvez o seja neste mundo."

Esta carta tinha sido escrita na véspera da saída do paquete; um criado que viera de Petrópolis e a quem ela incumbira de entregar-me a caixinha com o seu retrato, contou-lhe metade das extravagâncias que eu praticara para chegar à cidade no mesmo dia.

Disse-lhe que me tinha visto partir para a Estrela, depois de perguntar a hora da saída do vapor; e que embaixo da Serra referiram-lhe como eu tinha morto um cavalo para alcançar a barca e como me embarcara em uma canoa.

Não me vendo chegar, ela adivinhara que alguma dificuldade invencível me retinha, e atribuía isto à vontade de Deus, que não consentia no meu amor.

Entretanto, lendo e relendo a sua carta, uma coisa me admirou; ela não me dizia um adeus, apesar de sua ausência e apesar da moléstia, que podia tornar essa ausência eterna.

Tinha-me adivinhado! Ao mesmo tempo que fazia por me dissuadir, estava convencida de que a acompanharia.

Com efeito parti no paquete seguinte para a Europa.

Há de ter ouvido falar, minha prima, se é que ainda não o sentiu, da força dos pressentimentos do amor, ou da segunda vista que tem a alma nas suas grandes afeições.

Vou contar-lhe uma circunstância que confirma este fato.

No primeiro lugar onde desembarquei, não sei que instinto, que revelação, me fez correr imediatamente ao correio; parecia-me impossível que ela não tivesse deixado alguma lembrança para mim.

E de fato em todos os portos da escala do vapor havia uma carta que continha duas palavras apenas:

"Sei que tu me segues. Até logo."

Enfim cheguei à Europa e vi-a. Todas as minhas loucuras e os meus sofrimentos foram compensados pelo sorriso de inexprimível gozo com que me acolheu.

Sua mãe dizia-lhe que eu ficaria no Rio de Janeiro, mas ela nunca duvidara de mim! Esperava-me como se a tivesse deixado na véspera, prometendo voltar.

Encontrei-a muito abatida da viagem; não

sofria, mas estava pálida e branca como uma dessas Madonas de Rafael, que vi depois em Roma. Às vezes uma languidez invencível a prostrava; nesses momentos um quer que seja de celeste e vaporoso a cercava, como se a alma exalando-se envolvesse o seu corpo.

Sentado ao seu lado, ou de joelhos a seus pés, passava os dias a contemplar essa agonia lenta; sentia-me morrer gradualmente, à semelhança de um homem que vê os últimos clarões da luz que vai extinguir-se e deixá-lo nas trevas.

Uma tarde em que ela estava ainda mais fraca, tínhamo-nos chegado para a varanda.

A nossa casa em Nápoles dava sobre o mar; o sol, transmontando, escondia-se nas ondas; um raio pálido e descorado veio enfiar-se pela nossa janela e brincar sobre o rosto de Carlota, sentada ou antes deitada em uma conversadeira.

Ela abriu os olhos um momento e quis sorrir; seus lábios nem tinham força para desfolhar o sorriso.

As lágrimas saltaram-me dos olhos; havia muito que eu tinha perdido a fé, mas conservava ainda a esperança; esta desvaneceu-se com aquele reflexo do ocaso, que me parecia o seu adeus à vida.

Sentindo as minhas lágrimas molharem as

suas mãos, que eu beijava, ela voltou-se e fixou-me com os seus grandes olhos lânguidos.

Depois, fazendo um esforço, reclinou-se para mim e apoiou as mãos sobre o meu ombro.

– Meu amigo – disse ela com voz débil – vou pedir-te uma coisa, a última; tu me prometes cumprir?

– Juro – respondi-lhe eu – com a voz cortada pelos soluços.

– Daqui a bem pouco tempo, daqui a algumas horas talvez. Sim! Sinto faltar-me o ar!...

– Carlota!

– Sofres, meu amigo! Ah! se não fosse isto eu morreria feliz.

– Não fales em morrer!

– Pobre amigo, em que deverei falar então? Na vida?... Mas não vês que a minha vida é apenas um sopro... um instante que breve terá passado?

– Tu te iludes, minha Carlota.

Ela sorriu tristemente.

– Escuta; quando sentires a minha mão gelada, quando as palpitações do meu coração cessarem, prometes receber nos lábios a minha alma?

– Meu Deus!...

– Prometes? Sim?...

– Sim.

Ela tornou-se lívida; sua voz suspirou apenas:

– Agora!

Apertei-a ao peito e colei os meus lábios aos seus. Era o primeiro beijo de nosso amor, beijo casto e puro, que a morte ia santificar.

Sua fronte se tinha gelado, não sentia a sua respiração nem as pulsações de seu seio.

De repente ela ergueu a cabeça. Se visse, minha prima, que reflexo de felicidade e alegria iluminava nesse momento o seu rosto pálido!

– Oh! quero viver! – exclamou ela.

E com os lábios entreabertos aspirou com delícia a aura impregnada de perfumes que nos enviava o golfo de Ischia.

Desde esse dia foi pouco a pouco restabelecendo-se, ganhando as forças e a saúde; sua beleza reanimava-se e expandia-se como um botão que por muito tempo privado de sol se abre em flor viçosa.

Esse milagre, que ela, sorrindo e corando, atribuía ao meu amor, foi-nos um dia explicado bem prosaicamente por um médico alemão que nos fez uma longa dissertação a respeito da medicina.

Segundo ele dizia, a viagem tinha sido o único remédio e o que nós tomávamos por um estado mortal não era senão a crise que se operava, crise perigosa, que podia matá-la, mas que felizmente a salvou.

Casamo-nos em Florença na igreja de Santa Maria Novella.

Percorremos a Alemanha, a França, a Itália e a Grécia; passamos um ano nessa vida errante e nômade, vivendo do nosso amor e alimentando-nos de música, de recordações históricas, de contemplações de arte.

Criamos assim um pequeno mundo, unicamente nosso; depositamos nele todas as belas reminiscências de nossas viagens, toda a poesia dessas ruínas seculares em que as gerações que morreram falam ao futuro pela voz do silêncio; todo o enlevo dessas vastas e imensas solidões do mar, em que a alma, dilatando-se no infinito, sente-se mais perto de Deus.

Trouxemos das nossas peregrinações um raio de sol do Oriente, um reflexo de lua de Nápoles, uma nesga do céu da Grécia, algumas flores, alguns perfumes, e com isto enchemos o nosso pequeno universo.

Depois, como as andorinhas que voltam com a primavera para fabricar o seu ninho no campanário da capelinha em que nasceram, apenas ela recobrou a saúde e as suas belas cores, viemos procurar em nossa terra um cantinho para esconder esse mundo que havíamos criado.

Achamos na quebrada de uma montanha um lindo retiro, um verdadeiro berço de relva suspenso entre o céu e a terra por uma ponta de rochedo.

Aí abrigamos o nosso amor e vivemos tão felizes que só pedimos a Deus que nos conserve o que nos deu; a nossa existência é um longo dia, calmo e tranquilo, que começou *ontem,* mas que não tem *amanhã.*

Uma linda casa, toda alva e louçã, um pequeno rio saltitando entre as pedras, algumas braças de terra, sol, ar puro, árvores, sombras, ...eis toda a nossa riqueza.

Quando nos sentimos fatigados de tanta felicidade, ela arvora-se em dona de casa ou vai cuidar de suas flores; eu fecho-me com os meus livros e passo o dia a trabalhar. São os únicos momentos em que não nos vemos.

Assim, minha prima, como parece que neste mundo não pode haver um amor sem o seu receio e a sua inquietação, nós não estamos isentos dessa fraqueza.

Ela tem ciúmes de meus livros, como eu tenho de suas flores. Ela diz que a esqueço para trabalhar; eu queixo-me de que ela ama as suas violetas mais do que a mim.

Isto dura quando muito um dia; depois vem sentar-se ao meu lado e dizer-me ao ouvido a primeira palavra que balbuciou o nosso amor: – *Non ti scordar di me.*

Olhamo-nos, sorrimos e recomeçamos esta história que lhe acabo de contar e que é ao mesmo tempo o nosso romance, o nosso drama e o nosso poema.

Eis, minha prima, a resposta à sua pergunta; eis por que esse moço elegante, como teve a bondade de chamar-me, fez-se provinciano e retirou-se da sociedade, depois de ter passado um ano na Europa.

Podia dar-lhe outra resposta mais breve e dizer-lhe simplesmente que tudo isto sucedeu porque me atrasei *cinco minutos.*

Desta pequena causa, desse grão de areia, nasceu a minha felicidade; dele podia resultar a minha desgraça. Se tivesse sido pontual como um inglês, não teria tido uma paixão nem feito uma viagem; mas ainda hoje estaria perdendo o meu tempo a passear pela rua do Ouvidor e a ouvir falar de política e teatro.

Isto prova que a pontualidade é uma excelente virtude para uma máquina; mas um grave defeito para um homem.

Adeus, minha prima. Carlota impacienta-se, porque há muitas horas que lhe escrevo;

não quero que ela tenha ciúmes desta carta e que me prive de enviá-la.

Minas, 12 de agosto.
Abaixo da assinatura havia um pequeno *post-scriptum* de uma letra fina e delicada:
"P. S. – Tudo isto é verdade, D..., menos uma coisa.

"Ele não tem ciúmes de minhas flores, nem podia ter, porque sabe que só quando seus olhos não me procuram é que vou visitá-las e pedir-lhes que me ensinem a fazer-me bela para agradá-lo.

"Nisto enganou-a; mas eu vingo-me, roubando-lhe um dos meus beijos, que lhe envio nesta carta.

"Não o deixe fugir, prima; iria talvez revelar a nossa felicidade ao mundo invejoso.

"Carlota"

Coleção **L&PM** POCKET

1191. **E não sobrou nenhum e outras peças** – Agatha Christie
1192. **Ansiedade** – Daniel Freeman & Jason Freeman
1193. **Garfield: pausa para o almoço** – Jim Davis
1194. **Contos do dia e da noite** – Guy de Maupassant
1195. **O melhor de Hagar 7** – Dik Browne
1196.(29). **Lou Andreas-Salomé** – Dorian Astor
1197.(30). **Pasolini** – René de Ceccatty
1198. **O caso do Hotel Bertram** – Agatha Christie
1199. **Crônicas de motel** – Sam Shepard
1200. **Pequena filosofia da paz interior** – Catherine Rambert
1201. **Os sertões** – Euclides da Cunha
1202. **Treze à mesa** – Agatha Christie
1203. **Bíblia** – John Riches
1204. **Anjos** – David Albert Jones
1205. **As tirinhas do Guri de Uruguaiana 1** – Jair Kobe
1206. **Entre aspas (vol.1)** – Fernando Eichenberg
1207. **Escrita** – Andrew Robinson
1208. **O spleen de Paris: pequenos poemas em prosa** – Charles Baudelaire
1209. **Satíricon** – Petrônio
1210. **O avarento** – Molière
1211. **Queimando na água, afogando-se na chama** – Bukowski
1212. **Miscelânea septuagenária: contos e poemas** – Bukowski
1213. **Que filosofar é aprender a morrer e outros ensaios** – Montaigne
1214. **Da amizade e outros ensaios** – Montaigne
1215. **O medo à espreita e outras histórias** – H.P. Lovecraft
1216. **A obra de arte na era de sua reprodutibilidade técnica** – Walter Benjamin
1217. **Sobre a liberdade** – John Stuart Mill
1218. **O segredo de Chimneys** – Agatha Christie
1219. **Morte na rua Hickory** – Agatha Christie
1220. **Ulisses (Mangá)** – James Joyce
1221. **Ateísmo** – Julian Baggini
1222. **Os melhores contos de Katherine Mansfield** – Katherine Mansfield
1223.(31). **Martin Luther King** – Alain Foix
1224. **Millôr Definitivo: uma antologia de *A Bíblia do Caos*** – Millôr Fernandes
1225. **O Clube das Terças-Feiras e outras histórias** – Agatha Christie
1226. **Por que sou tão sábio** – Nietzsche
1227. **Sobre a mentira** – Platão
1228. **Sobre a leitura *seguido do* Depoimento de Céleste Albaret** – Proust
1229. **O homem do terno marrom** – Agatha Christie
1230.(32). **Jimi Hendrix** – Franck Médioni
1231. **Amor e amizade e outras histórias** – Jane Austen
1232. **Lady Susan, Os Watson e Sanditon** – Jane Austen
1233. **Uma breve história da ciência** – William Bynum
1234. **Macunaíma: o herói sem nenhum caráter** – Mário de Andrade
1235. **A máquina do tempo** – H.G. Wells
1236. **O homem invisível** – H.G. Wells
1237. **Os 36 estratagemas: manual secreto da arte da guerra** – Anônimo
1238. **A mina de ouro e outras histórias** – Agatha Christie
1239. **Pic** – Jack Kerouac
1240. **O habitante da escuridão e outros contos** – H.P. Lovecraft
1241. **O chamado de Cthulhu e outros contos** – H.P. Lovecraft
1242. **O melhor de Meu reino por um cavalo!** – Edição de Ivan Pinheiro Machado
1243. **A guerra dos mundos** – H.G. Wells
1244. **O caso da criada perfeita e outras histórias** – Agatha Christie
1245. **Morte por afogamento e outras histórias** – Agatha Christie
1246. **Assassinato no Comitê Central** – Manuel Vázquez Montalbán
1247. **O papai é pop** – Marcos Piangers
1248. **O papai é pop 2** – Marcos Piangers
1249. **A mamãe é rock** – Ana Cardoso
1250. **Paris boêmia** – Dan Franck
1251. **Paris libertária** – Dan Franck
1252. **Paris ocupada** – Dan Franck
1253. **Uma anedota infame** – Dostoiévski
1254. **O último dia de um condenado** – Victor Hugo
1255. **Nem só de caviar vive o homem** – J.M. Simmel
1256. **Amanhã é outro dia** – J.M. Simmel
1257. **Mulherzinhas** – Louisa May Alcott
1258. **Reforma Protestante** – Peter Marshall
1259. **História econômica global** – Robert C. Allen
1260.(33). **Che Guevara** – Alain Foix
1261. **Câncer** – Nicholas James
1262. **Akhenaton** – Agatha Christie
1263. **Aforismos para a sabedoria de vida** – Arthur Schopenhauer
1264. **Uma história do mundo** – David Coimbra
1265. **Ame e não sofra** – Walter Riso
1266. **Desapegue-se!** – Walter Riso
1267. **Os Sousa: Uma família do barulho** – Mauricio de Sousa
1268. **Nico Demo: O rei da travessura** – Mauricio de Sousa
1269. **Testemunha de acusação e outras peças** – Agatha Christie
1270.(34). **Dostoiévski** – Virgil Tanase
1271. **O melhor de Hagar 8** – Dik Browne
1272. **O melhor de Hagar 9** – Dik Browne
1273. **O melhor de Hagar 10** – Dik e Chris Browne
1274. **Considerações sobre o governo representativo** – John Stuart Mill

1275. **O homem Moisés e a religião monoteísta** – Freud
1276. **Inibição, sintoma e medo** – Freud
1277. **Além do princípio de prazer** – Freud
1278. **O direito de dizer não!** – Walter Riso
1279. **A arte de ser flexível** – Walter Riso
1280. **Casados e descasados** – August Strindberg
1281. **Da Terra à Lua** – Júlio Verne
1282. **Minhas galerias e meus pintores** – Kahnweiler
1283. **A arte do romance** – Virginia Woolf
1284. **Teatro completo v. 1: As aves da noite** *seguido de* **O visitante** – Hilda Hilst
1285. **Teatro completo v. 2: O verdugo** *seguido de* **A morte do patriarca** – Hilda Hilst
1286. **Teatro completo v. 3: O rato no muro** *seguido de* **Auto da barca de Camiri** – Hilda Hilst
1287. **Teatro completo v. 4: A empresa** *seguido de* **O novo sistema** – Hilda Hilst
1289. **Fora de mim** – Martha Medeiros
1290. **Divã** – Martha Medeiros
1291. **Sobre a genealogia da moral: um escrito polêmico** – Nietzsche
1292. **A consciência de Zeno** – Italo Svevo
1293. **Células-tronco** – Jonathan Slack
1294. **O fim do ciúme e outros contos** – Proust
1295. **A jangada** – Júlio Verne
1296. **A ilha do dr. Moreau** – H.G. Wells
1297. **Ninho de fidalgos** – Ivan Turguêniev
1298. **Jane Eyre** – Charlotte Brontë
1299. **Sobre gatos** – Bukowski
1300. **Sobre o amor** – Bukowski
1301. **Escrever para não enlouquecer** – Bukowski
1302. **222 receitas** – J. A. Pinheiro Machado
1303. **Reinações de Narizinho** – Monteiro Lobato
1304. **O Saci** – Monteiro Lobato
1305. **Memórias da Emília** – Monteiro Lobato
1306. **O Picapau Amarelo** – Monteiro Lobato
1307. **A reforma da Natureza** – Monteiro Lobato
1308. **Fábulas** *seguido de* **Histórias diversas** – Monteiro Lobato
1309. **Aventuras de Hans Staden** – Monteiro Lobato
1310. **Peter Pan** – Monteiro Lobato
1311. **Dom Quixote das crianças** – Monteiro Lobato
1312. **O Minotauro** – Monteiro Lobato
1313. **Um quarto só seu** – Virginia Woolf
1314. **Sonetos** – Shakespeare
1315. (35). **Thoreau** – Marie Berthoumieu e Laura El Makki
1316. **Teoria da arte** – Cynthia Freeland
1317. **A arte da prudência** – Baltasar Gracián
1318. **O louco** *seguido de* **Areia e espuma** – Khalil Gibran
1319. **O profeta** *seguido de* **O jardim do profeta** – Khalil Gibran
1320. **Jesus, o Filho do Homem** – Khalil Gibran
1321. **A luta** – Norman Mailer
1322. **Sobre o sofrimento do mundo e outros ensaios** – Schopenhauer
1323. **Epidemiologia** – Rodolfo Sacacci
1324. **Japão moderno** – Christopher Goto-Jones
1325. **A arte da meditação** – Matthieu Ricard
1326. **O adversário secreto** – Agatha Christie
1327. **Pollyanna** – Eleanor H. Porter
1328. **Espelhos** – Eduardo Galeano
1329. **A Vênus das peles** – Sacher-Masoch
1330. **O 18 de brumário de Luís Bonaparte** – Karl Marx
1331. **Um jogo para os vivos** – Patricia Highsmith
1332. **A tristeza pode esperar** – J.J. Camargo
1333. **Vinte poemas de amor e uma canção desesperada** – Pablo Neruda
1334. **Judaísmo** – Norman Solomon
1335. **Esquizofrenia** – Christopher Frith & Eve Johnstone
1336. **Seis personagens em busca de um autor** – Luigi Pirandello
1337. **A Fazenda dos Animais** – George Orwell
1338. **1984** – George Orwell
1339. **Ubu Rei** – Alfred Jarry
1340. **Sobre bêbados e bebidas** – Bukowski
1341. **Tempestade para os vivos e para os mortos** – Bukowski
1342. **Complicado** – Natsume Ono
1343. **Sobre o livre-arbítrio** – Schopenhauer
1344. **Uma breve história da literatura** – John Sutherland
1345. **Você fica tão sozinho às vezes que até faz sentido** – Bukowski
1346. **Um apartamento em Paris** – Guillaume Musso
1347. **Receitas fáceis e saborosas** – José Antonio Pinheiro Machado
1348. **Por que engordamos** – Gary Taubes
1349. **A fabulosa história do hospital** – Jean-Noël Fabiani
1350. **Voo noturno** *seguido de* **Terra dos homens** – Antoine de Saint-Exupéry
1351. **Doutor Sax** – Jack Kerouac
1352. **O livro do Tao e da virtude** – Lao-Tsé
1353. **Pista negra** – Antonio Manzini
1354. **A chave de vidro** – Dashiell Hammett
1355. **Martin Eden** – Jack London
1356. **Já te disse adeus, e agora, como te esqueço?** – Walter Riso
1357. **A viagem do descobrimento** – Eduardo Bueno
1358. **Náufragos, traficantes e degredados** – Eduardo Bueno
1359. **Retrato do Brasil** – Paulo Prado
1360. **Maravilhosamente imperfeito, escandalosamente feliz** – Walter Riso
1361. **É...** – Millôr Fernandes
1362. **Duas tábuas e uma paixão** – Millôr Fernandes
1363. **Selma e Sinatra** – Martha Medeiros
1364. **Tudo que eu queria te dizer** – Martha Medeiros
1365. **Várias histórias** – Machado de Assis
1366. **A sabedoria do Padre Brown** – G. K. Chesterton
1367. **Capitães do Brasil** – Eduardo Bueno
1368. **O falcão maltês** – Dashiell Hammett
1369. **A arte de estar com a razão** – Arthur Schopenhauer
1370. **A visão dos vencidos** – Miguel León-Portilla

lepmeditores
www.lpm.com.br
o site que conta tudo

IMPRESSÃO:

PALLOTTI
GRÁFICA

Santa Maria - RS | Fone: (55) 3220.4500
www.graficapallotti.com.br